光文社文庫

文庫書下ろし／長編時代小説

開戦

惣目付臨検仕《つかまつ》る㈢

上田秀人

光　文　社

この作品は光文社文庫のために書下ろされました。

目次

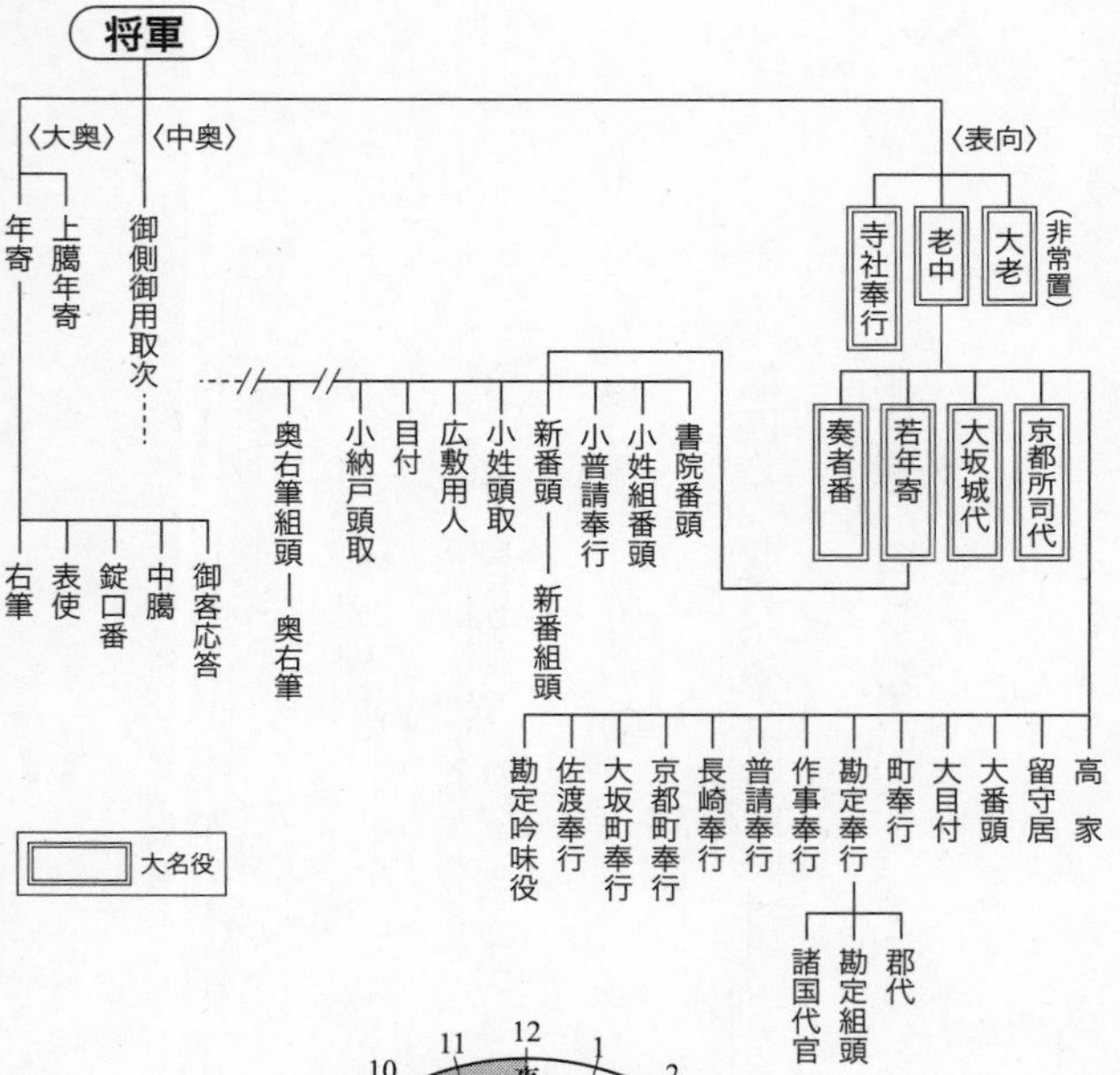

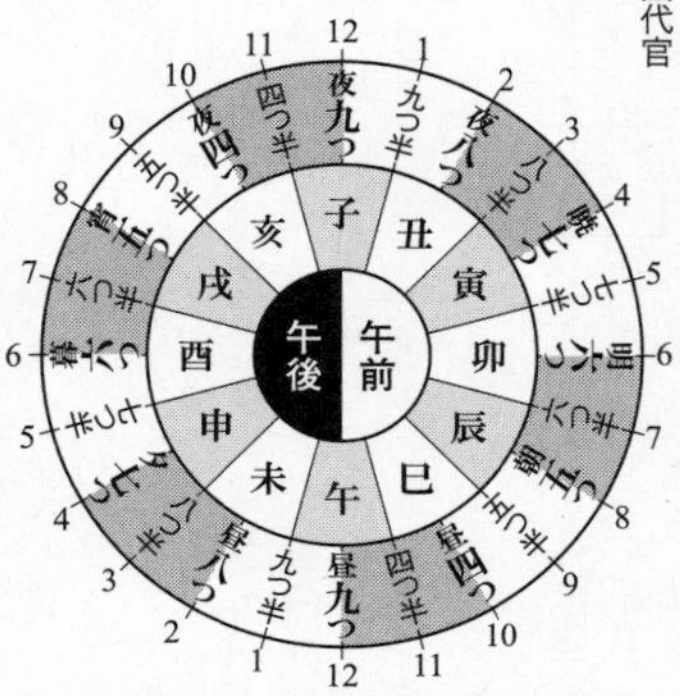

江戸の時刻（外の数字は現在の時刻）

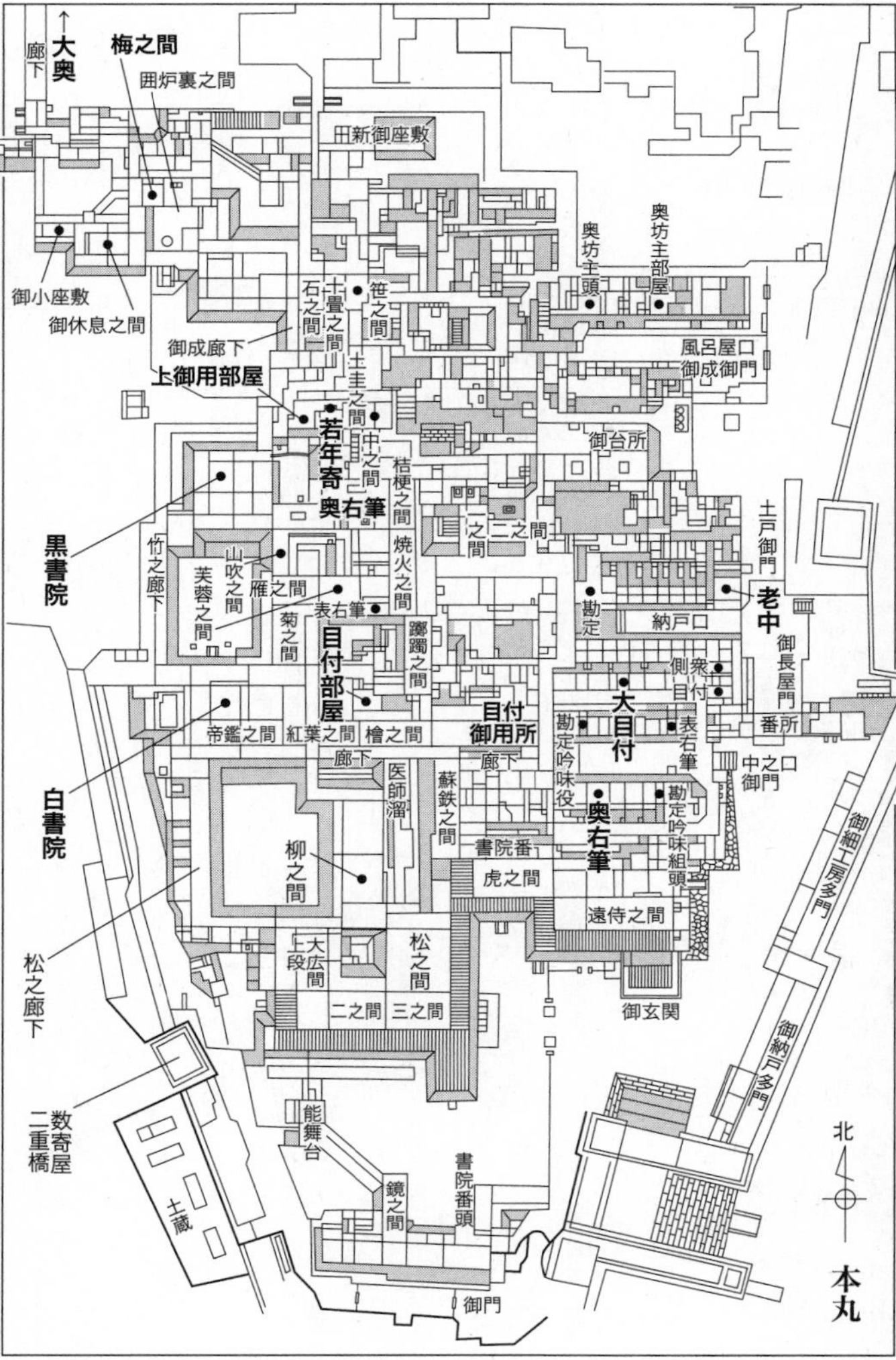

大奥
廊下
梅之間
囲炉裏之間
新御座敷
御小座敷
御休息之間
御成廊下
上御用部屋
石之間
十畳之間
笹之間
土圭之間
中之間
若年寄
奥右筆
桔梗之間
焼火之間
一之間
二之間
奥坊主頭
奥坊主部屋
風呂屋口
御成御門
御台所
土戸御門
老中
納戸口
勘定
側衆
目付
大目付
表右筆
勘定吟味役
奥右筆
勘定吟味組頭
御長屋門
番所
中之口御門
黒書院
竹之廊下
山吹之間
芙蓉之間
雁之間
表右筆
菊之間
目付部屋
躑躅之間
目付御用所
帝鑑之間
紅葉之間
檜之間
廊下
廊下
白書院
医師溜
蘇鉄之間
書院番
柳之間
虎之間
遠侍之間
松之廊下
上段
大広間
松之間
二之間
三之間
御玄関
二重橋
数寄屋
土蔵
能舞台
鏡之間
書院番頭
御門
中奥
表
御細工房多門
御納戸多門
北
本丸

尾張徳川家
上屋敷
市谷
早稲田村
江戸川
音羽
護国寺
江戸川橋
大塚
至板橋宿
巣鴨
御納戸町
赤城明神
神楽坂
石切橋
若宮八幡宮
切支丹坂
小日向馬場
御薬園
中山道
日光御成街道
牛込
御留守居町
牛込御門
番町
傳通院
小石川
田安御門
白山
神明宮
清水御門
小石川御門
水戸徳川家
上屋敷
駒込
入江無手斎道場
春日町
水道橋
水城聡四郎の屋敷
千駄木
神田川
御弓町
竹町
本郷
加賀前田家
上屋敷
下谷茅町
（柳沢家中屋敷）
道灌山
霊雲寺
根津権現
池之端
七軒町
日暮里
神田明神
湯島天神
不忍池
鍛冶町
昌平橋
忍ヶ岡
昌平坂
明神下
池之端仲町
弁天
仁王門前町
筋違御門
寛永寺
東叡山
根岸
谷中
内神田
外神田
下谷広小路
和泉橋
佐久間河岸
神田佐久間町
下谷金杉町
通油町
豊島町
新シ橋
向柳原
御徒町
下谷山崎町
柳原土手
左衛門河岸
三味線堀
通塩町
広徳寺
下谷竜泉寺町
汐見橋
横山町
同朋町
広小路
両国
幡随院
元鳥越町
甚内橋
猿屋町
浅草橋
茅町
薬研堀
米沢町
柳橋
阿部川町
新吉原
両国橋
御蔵前片町代地
新堀川
水戸家石揚場
大川
旅籠町
東本願寺
日本堤
一ツ目之橋
回向院
御蔵前
御米蔵
浅草寺
小塚原
日光道中
御竹蔵
首尾の松
御蔵前通り
奥山
浅草
山谷町
御厩河岸之渡し
浅草広小路
浅草観音
二ツ目之橋
駒形町
雷門
新鳥越橋
山谷堀
揚場
駒形堂
浅草
緑町
本所
南割下水
竹町之渡し
吾妻橋
花川戸町
今戸橋
今戸町
竪川
白鬚之渡し
源森橋
三ツ目之橋
源森川
小梅村
三囲稲荷
向島墨堤
長命寺
木母寺
北割下水
北辻橋
大横川
法恩寺橋
寺島村
新辻橋
業平橋
亀戸村
小梅村
四ツ目之橋
押上村
天神橋
十間川
柳島村
亀戸天神

天現寺
渋谷川
紀伊徳川家屋敷
元赤坂町
竹腰山城守屋敷
伝馬町
平河町
井伊掃部頭
中屋敷
紀伊徳川家
上屋敷
四谷御門
市谷御門
赤坂御門
麻布新町
善福寺
六本木
赤坂
氷川明神
四ノ橋
古川町
仙台坂
新網町
飯倉片町
市兵衛町
麹町
溜池
三ノ橋
二ノ橋
一ノ橋
中之橋
赤羽橋
葵坂
千鳥ヶ淵
半蔵御門
芝車町
三田町
至品川宿
虎之御門
西之御丸
増上寺
新シ橋
外桜田御門
和田倉御門
雉子橋御門
一橋御門
江戸城
南町奉行所
幸橋
土橋
北町奉行所
金杉橋
宇田川町
芝
浜松町
御門
数寄屋橋
汐留橋
神田橋御門
常盤橋御門
呉服橋御門
三十間堀
銀座町
竜閑橋
金杉川
濱御殿
木挽町
数寄屋町
石橋
本町
京橋
本両替町
今川橋
本材木町
西本願寺
白魚橋
日本橋
魚河岸
大伝馬町
楓川
小伝馬町
八丁堀
弾正橋
江戸橋
荒布橋
組屋敷
八丁堀
海賊橋
南茅場町
日本橋川
銀座
元大坂町
小網町
中之橋
亀島川
霊岸橋
諸国人入れ相模屋
稲荷橋
一ノ橋
箱崎橋
松島町
高橋
新川
行徳河岸
久松町
鉄炮洲
浜町
高砂橋
二ノ橋
浜町堀
佃島
霊岸島
豊海橋
箱崎町
箱崎川
永久橋
石川島
永代橋
今川町
万年橋
新大橋
御船蔵
佐賀町
上之橋
緑橋
万年町
黒江町
海辺大工町
大島町
油堀
材木町
西光寺
六間堀
江戸湊
永代寺
富岡橋
仙台堀
海辺橋
高橋
弥勒寺橋
山城橋
深川元町
弥勒寺
越中島
蓬莱橋
富岡八幡宮
霊巌寺
亀久橋
小名木川
汐見橋
深川
洲崎
入船町
新高橋
扇橋
猿江橋
南辻橋
西
北
東
0
1km
御材木蔵
猿江町
大島橋
清水橋
金座

主な登場人物

水城聡四郎《みずきそうしろう》 ……………… 惣目付。勘定方を勤めてきた水城家の四男で、部屋住みだったが、父親と長男の急逝で家督を継ぐ。新井白石の引きで勘定吟味役に抜擢され、その後、紀州徳川家藩主だった吉宗が八代将軍となると御広敷用人に登用された。道中奉行副役を経て惣目付に。

水城　紅《あかね》 ……………… 水城聡四郎の妻。元は口入れ屋相模屋の娘。聡四郎に嫁ぐにあたり、吉宗の養女となる。聡四郎との間に娘・紬《つむぎ》をもうける。

大宮玄馬《おおみやげんば》 ……………… 水城家の筆頭家士。元は、一放流の入江道場で聡四郎の弟弟子。

入江無手斎《いりえむてさい》 ……………… 一放流の達人で、聡四郎と玄馬の剣術の師匠。

山路兵弥《やまじひょうや》 ……………… もとは伊賀の郷忍。すでに現役を退いて隠居。播磨麻兵衛とともに、聡四郎と旅先で出会い、助をすることになる。

中山出雲守時春《なかやまいずものかみときはる》 … 北町奉行。

大岡越前守忠相《おおおかえちぜんのかみただすけ》 … 南町奉行。

加納遠江守久通《かのうとおとうみのかみひさみち》 … 御側御用取次。紀州から吉宗について江戸へ来る。聡四郎とともに、将軍吉宗を支える。

徳川吉宗《とくがわよしむね》 …… 徳川幕府第八代将軍。紅を養女にしたことから聡四郎にとって義理の父にあたる。聡四郎に諸国を回らせ、世の中を学ばせる。

藪田《やぶた》定八《じょうはち》 …… 御庭之者。

竹姫《たけひめ》 …… 五代将軍綱吉の養女として大奥で暮らしてきたが、吉宗が惚れた。しかし恋は実らず、吉宗の養女となって、大奥でひっそり暮らしている。

阪崎《さかざき》左兵衛尉《さひょうえのじょう》 …… 目付。

二戸《にへ》稲大夫《とうだゆう》 …… 奥右筆組頭。

遠藤《えんどう》湖夕《こゆう》 …… 御広敷伊賀者組頭。藤川義右衛門の脱退で、将軍吉宗によって、山里伊賀者組頭から御広敷に抜擢される。

藤川《ふじかわ》義右衛門《ぎえもん》 …… もと御広敷伊賀者組頭。聡四郎との確執から敵に回り、江戸の闇を次々に手に入れていた。

鞘蔵《さやぞう》 …… 藤川義右衛門の配下。藤川義右衛門の誘いに乗って、御広敷伊賀者を抜けた。

惣目付臨検仕《つかまつ》る

開戦

第一章　剣鬼雌伏《しふく》

一

　箱根《はこね》は湯治場として知られている。とくに強羅《ごうら》と呼ばれるあたりには、傷や皮膚の病などに効能が高い温泉が湧き出ており、湯小屋も多く建てられていた。

　なかには脱衣場、湯上がりの休息所、湯茶の接待をする湯女《ゆな》まで置き、旅籠《はたご》の一泊にひとしい金を取るところもあるが、そのほとんどは脱衣場と湯船だけの簡素なものであった。

「…………」

　深更《しんこう》に近くなり人気《ひとけ》もなくなった、雨よけの屋根だけのくたびれた湯屋《ゆや》に入江無手斎《いりえむてさい》が、今日も姿を見せた。

「やれ、物《もの》の怪《け》、鬼の類いと噂されるのも無理はないの」

すでに湯船に入っていた老人が、素裸になった入江無手斎を見て笑った。

「…………」

入江無手斎は老人を無視して、湯船に身体を沈めた。

「獣《けもの》になる気かの」

老人の表情が険しいものになった。

「挨拶《あいさつ》は人として最低限の交流じゃ。それを捨てるということは、人をやめると同義……」

そこまで言って、老人が入江無手斎を見つめた。

「剣術遣いだの。それもかなり遣う。いや、これほどの身体を見たことはない」

老人が感心した。

「右手と右肩を怪我しておるな。どれ」

すっと湯船を泳ぐように老人が近づいた。

「……くっ」

あっと言う間もなく間合いを詰められた入江無手斎が目を剝《む》いた。

「ふむ……」

そのまま入江無手斎の身体に老人が触れた。

「……なぜっ」

「ほう、口が利《き》けるではないか」

疑問を発した入江無手斎に、老人が唇を緩《ゆる》めた。

「害意がないからだの。儂《わし》は医者じゃ。木村暇庵《きむらかあん》と言う」

そう言いながら、老人が入江無手斎の身体から手を離した。

「右手は治らん。筋が切れておるし、骨にも罅《ひび》の入った痕《あと》がある。右肩は……最近じゃの。まだ数月も経っておらぬな。こちらは骨が折れたな。下手にくっついている。これは温泉でも効果はない。腰もかなり疲れておるな。ここは温めてほぐせば、治しやすくなるぞ」

言いながら、木村暇庵と名乗った老人が入江無手斎からすっと離れた。

「ついてきなさい」

木村暇庵が入江無手斎を誘い、湯からあがった。

「おぬしはなんだ」

「聞いていなかったのか、医者じゃ」

入江無手斎の質問に、背を向けたまま木村暇庵が答えた。

「儂が怖くないのか」

「医者を害するのは、己の寿命を断ち切るも同じじゃ。熊でも狼でも治療してやれば、牙を剝かぬ」

あきれる入江無手斎に、木村暇庵が手を振った。

「さて、着いたわ」

四半刻《しはんとき》（約三十分）近く山道を進んだところで木村暇庵が足を止めた。

「入りなさい」

木村暇庵が戸を開けて、入江無手斎を招き入れた。

「……ぼろいの」

入った入江無手斎が思わず漏らした。

「年寄りの一人暮らしじゃ。炉《ろ》もある、竈《かまど》もある、水はすぐそこに湧いておる。厠《かわや》はないがの。生きていくには十分」

木村暇庵が敷きっぱなしの夜具を片寄せた。

「そこへ裸になって、うつぶせで寝なさい」

「…………」

ここまでついてきたのだ、今さらどうこう言っても仕方がない。

黙って入江無手斎がふんどし一つで横になった。

「背中になにか当てたか」

月明かりだけで、木村暇庵が見抜いた。

「ここと、ここがゆがんでいる」

「……やるの」

入江無手斎が感心した。

「おぬしは剣を学んで何年になる」

「五十年はこえた」

「儂は五歳から針を学んで、六十年をこえたわ」

「五歳から……早いな」

剣でも筆でも芸事でも、六歳で始めるのが慣例であった。七歳までは神のうちという慣用句もあるくらい子供は簡単に死ぬ。習い事を六歳まで待つというのは、身体が少しでも大きくなることを期待してのことであった。

「医術はな、早ければ早いほどいい。子供のときから医を学べば、まず、己が病にかからぬようにするにはどうすればいいかがわかる。己が病持ちの医者なんぞ、なんの意味もなかろう」

入江無手斎の腰の状態を確認しながら、木村暇庵が述べた。

「たしかにな。振り下ろす太刀で、足を傷つける剣術遣いに、弟子入りする者はおらぬな」

小さく入江無手斎が笑った。

「半年だな」

木村暇庵が告げた。

「半年で治ると」

「治る。治してみせる」

「金などないぞ」

「ふん、金が欲しければ江戸に行くわ。なにかあったときに手伝え」

入江無手斎の確認に、木村暇庵が鼻で笑った。

「痛いぞ」

「まともに剣を振るうこともできぬ以上の痛みなど、剣術遣いにはない」

釘を刺した木村暇庵に、入江無手斎が応じた。

「優れた武芸者ほど、痛みに弱い。なぜだか知っているか」

皿の上に鍼《はり》を並べ、そこへ酒を注ぎながら木村暇庵が問うた。

「知らぬ」

入江無手斎が首を横に振った。

「相手の攻撃を身に受けたことがないゆえ、痛みを知らぬからよ」

そう言いながら、木村暇庵が鍼を入江無手斎の右肩に刺入した。

「……うっ」

骨膜に鍼を刺された入江無手斎が呻《うめ》いた。

「じっとしておれ。半刻《はんとき》（約一時間）ほどで終わる」

木村暇庵が入江無手斎を叱った。

「…………」

入江無手斎が黙った。

「……かっ」

不意に入江無手斎が殺気を木村暇庵へぶつけた。

「熊ほどではないの」

木村暇庵が入江無手斎の殺気をあっさりと流した。

「かなわぬの」

入江無手斎が苦笑した。

「……よし、今日はそこまでじゃ。筋や骨が動こうとするゆえ、おとなしゅうしとれ。次は十日後じゃ」

「毎日ではいかぬのか」

鍼を抜いた木村暇庵に入江無手斎が尋ねた。

「体内を鍼先で壊し、新しい肉ができるのを促しておる。毎日では、壊れるばかりで新しいものができる暇がない」

素人考えだと木村暇庵が首を左右に振った。

「承知いたした。よろしくお願いいたす」

入江無手斎が立ちあがって、頭をさげた。

「少し人に戻ったな」

木村暇庵がほほえんだ。

「なぜ、拙者《せっしゃ》を」

疑問を入江無手斎が口にした。

「下の村で評判になっているぞ。山の湯小屋に鬼が出ると。鬼が出ては人は湯に入れまい。儂の患者が何人も困っておってな」

「なるほど」

「それに、本物の鬼なら会ってみたいではないか」

納得した入江無手斎に木村暇庵が言った。

「鬼に会いたいとは、奇特《きとく》な」

「熊も診た、狼も治した。だが、鬼はまだ見たこともない。老い先短いのだ。見たこともないものに興味を持つのは当然だろう」

あきれる入江無手斎に、木村暇庵が目を輝かせた。

「変人……か」

「否定はせんよ。変人でなければ、医者などできん」

「医者は変人ではなく、仁《じん》であろう」

入江無手斎が怪訝《けげん》な顔をした。

「仁の医者なんぞ、鬼より見ぬ」

木村暇庵が表情を険しくした。

「医は金がかかる。薬を購《あがな》わねばならず、医術の研鑽《けんさん》のために留学もしなければならぬし本も読まねばならぬ。どれもとてつもない金がかかる」

重ねるように金の話を木村暇庵が続けた。

「よき医者であろうとすれば、金を遣わねばならぬ。新しい医術をあきらめれば、悪《あ》しき医者になる。今までの医療では治らなかった病が、新しい医術では治療できるという話はいくらでもある」

「…………」

身なりを整えながら、入江無手斎が聞いた。

「金との縁が切れぬ段階で、医は仁たれぬ。仁と医は相容《あいい》れぬのよ。それこそ御上《おかみ》や大名が領民のために医術を施しでもせねばな。個人に頼っていては、医師は生きていけぬ。医者は新たに患者を治すために金を稼ぐことになる」

「なるほど」

入江無手斎が納得した。

「医は平等でなければならぬ。ああ、施術のことではないぞ。新しい医学、高価な薬を使えるのは、金持ちの患家《かんか》だけ。平等というのは、医者の態度である。決して一時の同情で、無料あるいは割に合わぬ代価で治療をしてはならぬ。一度でもすれば、我も我もになるからな」

「たしかにそうじゃな」

人は他人が特別な待遇を受けることへの許容が少ない。同じ扱い、いや、それ以上を求めるものであった。

「儂はそれが嫌でな。やりたいようにやる。金儲けは若いころにたっぷりやった。吉原《よしわら》の看板と呼ばれる太夫《たゆう》も抱いたぞ。妻は儂より先に極楽へ行ったし、子らはそれぞれが独立して医業を営んでいる。孫もたくさんおる。これ以上、何を望めばいい」

「……難しいの」

入江無手斎が悩んだ。

「人生の終わりがいつ来ても後悔はない。なれば好きに生きたいではないか」

木村暇庵が強く述べた。

「学んできた医術、重ねた経験、そのすべてを思うがままに使ってみたい」

「江戸でもできように」

「できるわけない。ちっと名の知れた医者のところには、大名や豪商がまとわりつく。それだけならまだいいが、御上が囲いこむ」

「表御番《おもてごばん》医師か」

長く江戸にいた入江無手斎もそれは知っていた。

優れた医師を独占しようと考えた幕府は、巷《ちまた》で名の知れた医師を召し出し、小《こ》普請《ぶしん》医師、表御番医師にした。

幕府の招聘《しようへい》とはいえ、実質は徴用に等しい。もちろん、表御番医師になったところで、己の診療所を閉じなくてもよく、通常通り診察はできるが制限は出た。

幕府医師という格にふさわしくない患者を診《み》るのは都合が悪かった。

「下賤《げせん》な者に触れた手で……」

表御番医師というのは、将軍やその家族を診ることはないが、城中における急患、怪我人には対応する。

そのとき、大名や役人から、そう言われれば、お役目が果たせなくなる。

「制限なんぞ、くそ食らえじゃ」

とても医者の口から出るとは思えない言葉に、入江無手斎が驚いた。

「おぬし、剣術遣いであろう」

「ああ。かつてはな。今はこの有様じゃが」

確かめる木村暇庵に入江無手斎は首を縦に振った。

「将軍家お手直し役になりたいか」

「なりたくはないの。そのようなもの、吾が技量を落とすだけであるし、お座敷剣術の幇間《ほうかん》にはなれぬ。腹が立てば、将軍の頭でもなぐるでな」

入江無手斎が応じた。

「同じことよ。言うことを聞かねば老中でも蹴とばす」

にやりと木村暇庵が笑った。

「十分、世間には尽くした。もうよかろう」

木村暇庵が入江無手斎を柔らかい目で見た。

「……また、十日後、世話になる」

入江無手斎は、その眼差しに背を向けた。

二

惣目付《そうめつけ》の水城右衛門大尉聡四郎吉前《みずきうえもんだいじょうそうしろうよしさき》は、与えられた梅《うめ》の間《ま》で下役《したやく》の太田彦左衛門《おおたひこざえもん》と打ち合わせをしていた。

「いきなりはよろしくないかと存じまする」

太田彦左衛門が、聡四郎を宥《なだ》めた。

「しかし、もっとも上を押さえれば、下役は皆従おう」

聡四郎が抵抗した。

「いえ、役人というのは、しぶといものでございまする。喉元過ぎれば熱さ忘れると申しまするが、役人は粛清《しゆくせい》という嵐が吹き荒れている最中にこそ、抵抗手段を考えておりまする」

太田彦左衛門が首を左右に振った。

「……………」

「小役人にとって、上役が誰かなんぞどうでもよいのでございますよ。いえ、己を引きあげてくれる人ならば、別でしょうが……そういった贔屓《ひいき》をもらえる小役人は百人に一人。残り九十九人は上役の恩恵を受けませぬ」

「ふうむ。それで」

聡四郎は唸《うな》りながら、先を促した。

「ようは上がどうなろうが、倹約令が出ようが出まいが、己の利権が確保されるのであれば、まったく気にしないということでございまする」

「それは利権に影響が出るならば、抵抗するということだな」

太田彦左衛門の話の裏側を聡四郎は読んだ。

「もっとも抵抗といったところで、さほどのことはできませぬ。あからさまに逆らっているとわかれば、役目を取りあげられまするゆえ、目立たぬように手続きを遅らせるとか、余分な書きものを要求するとか、一見、まともに仕事はしているような振りで足を引っ張ると」

「あったな、そういったことは」

聡四郎が嘆息《たんそく》した。

勘定吟味役《かんじょうぎんみやく》、御広敷用人《おひろしきようにん》と江戸城内でのお役目を経験している聡四郎である。まだ勘定吟味役のときは、勘定吟味改役《あらためやく》として支えてくれた太田彦左衛門がいてくれたのであまり苦労はしなかったが、御広敷用人のときには孤軍奮闘に近かったこともあり、いろいろと邪魔されていた。

「幕臣として恥じ入るばかりではございますが……」

太田彦左衛門が申しわけなさそうな顔をした。

「おぬしが悪いわけではない」

「いえ、わたくしもかつては同じまねをしておりました」

小さく太田彦左衛門が首を横に振った。

太田彦左衛門はもと御目見得《おめみえ》のできない御家人《ごけにん》であった。幸い家が役方《やくかた》筋であったことと算盤《そろばん》が得手《えて》であったことで、勘定方の役目に就くことができた。

勘定方は武を旨《むね》とする幕府において格は低いが、それでも重要度は高い。また、算勘に長《た》けていなければならないので、あまり身分にかかわりなく出世できた。

当然、幕府に出入りする商人との付き合いもあり、余得《よとく》も多い。

「袖の下を寄こさない商人への支払いを遅らせたり、納品に苦情を申し立てたり、まったく恥じ入るばかりでございまする」

太田彦左衛門が頭《こうべ》を垂れた。

普通の勘定方だった太田彦左衛門が変わったのは、娘婿だった金座《きんざ》常役が荻原近江守重秀《おぎわらおうみのかみしげひで》、豪商紀伊國屋文左衛門《きのくにぶんざえもん》、金座後藤庄三郎《ごとうしょうざぶろう》による元禄《げんろく》小判改鋳《かいちゅう》の裏を知ったことで謀殺されたことによる。

夫が死んだことで一人娘も失意のうちに亡くなり、一人娘を失った太田彦左衛門は、荻原近江守らへの復讐を誓い、新井白石《あらいはくせき》の道具として選ばれた聡四郎に味方したのであった。

「いや、お気になさるな」

聡四郎が手を振った。

「となると、下からいかねばならぬか」

難しい顔で聡四郎が嘆息した。

「その前に、足下を固めるべきでございまする」

太田彦左衛門が意見を具申《ぐしん》した。

「足下……」

意味のわからない聡四郎が首をかしげた。

「奥右筆《おくゆうひつ》でございまする」

「……奥右筆ならば、つい先日叱ったばかりであるが」

聡四郎が困惑した。

奥右筆は五代将軍綱吉《つなよし》が、老中たちに奪われていた政《まつりごと》を取り戻すために設けたもので、幕政すべての書付《かきつけ》を管轄《かんかつ》する。

「前例がございませぬ」

「三代将軍のときに一度却下されておりまする」

過去の事例を完全に把握し、老中の指図でも拒む。とくに奥右筆が力を持ったのは、家督《かとく》相続の書付を管轄したところにあった。

「お預かりをいたしまする」

家督を譲る、嫡男《ちゃくなん》を届け出る。どちらも家督相続を担当する奥右筆の手を通らなければならない。

「よしなに頼む」

心付けを渡せば、すんなりと書付に花押《かおう》を入れて将軍へ回すが、金を出さない、あるいは奥右筆と敵対しているとなると話が変わる。

どの書付をいつ処理するかは奥右筆に任されているため、気に入らない相手から出された家督相続の書付がずっと箱の底で眠り続けることになる。

「………」

「まだか」

家督相続は待ったなしになることもある。当主が病気、あるいは老齢で死亡して家を譲らなければならないとなったとき、奥右筆の花押が入っていなければ、世に言う跡継ぎなくして当主死亡という扱いになってしまうのだ。

「跡継ぎなければ、取り潰し」

四代将軍家綱《いえつな》の御代《みよ》、大政参与の保科《ほしな》肥後守《ひごのかみ》正之《まさゆき》によって緩和《かんわ》されたとはいえ、末期《まつご》養子の禁はまだ生きている。

奥右筆の機嫌を損なえば、改易《かいえき》になりかねない。

結果、老中でさえ気を遣うようになったことで、奥右筆が増長《ぞうちょう》した。

「いささか筋違いでございましょう」

「そのようなことは認められませぬ」

八代将軍吉宗《よしむね》がおこなおうとした改革にも奥右筆は抵抗した。

「黙らせろ」

いつまで経っても進まない改革に怒った吉宗が、あやつらをどうにかしろと命じたことで、聡四郎は奥右筆を糾弾し、逆らい続けた者を惣目付の権限で罷免《ひめん》するなどして、掌握に成功した。

それを太田彦左衛門は信用すべきではないと警告した。

「公方《くぼう》さまの恐ろしさを知って、まだ逆らうと」

聡四郎が怪訝な顔をした。

「喉元過ぎれば熱さ忘れるでなければ、役人なぞ務まりませぬ」

太田彦左衛門がため息を吐《つ》いた。

「小役人というのは、余得のために働いておりまする」

「うむ」

それは聡四郎もわかっている。勘定吟味役、御広敷用人のときに商人からいろいろと気遣いという名の賄賂《わいろ》を押しつけられた。

代々勘定方で余得慣れしていた水城家は、幸いにして借財がない。さらに四男でどこぞへ養子に出る立場だった聡四郎は、金に縁のない生活を送っていたこともあり、賄賂に興味がなかった。しかし、小役人が金を欲するという意味はわかっていた。

「とくに奥右筆は余得の多さでは、長崎《ながさき》奉行を上回ると言われておりまする」

「それほどか」

聡四郎が驚愕《きょうがく》した。

長崎は天下で唯一、海外に開かれている。ここにオランダ、清《しん》からの交易船が入る。その地を管轄する長崎奉行には、その莫大な交易の利の一部が入る。

「孫の代まで安泰じゃ」

一度長崎奉行をすると、その余得で三代贅沢《ぜいたく》ができると言われ、幕府役人のなかでも垂涎《すいぜん》の役目であった。

「はい。奥右筆に贈られる音物《いんもつ》は、長崎奉行ほど高価なものではございませぬが、家督相続をするおよそ三百の大名、数千の旗本から出される金は莫大なものとなりまする。他にも役人の推挙にも奥右筆はかかわりまする。老中や目付《めつけ》などごく一部の役目を除いて、残りのほとんどは一人の欠員に数人の候補が出ます。そこから誰を選ぶのかに奥右筆の意見が重きをなしまする」

太田彦左衛門が奥右筆の余得を語った。

「奥右筆が候補の経歴を握っている……」

「さようでございまする」

聡四郎の答えに太田彦左衛門が首肯《しゅこう》した。

「余得を取りあげると敵に戻るか」

「確実に」

太田彦左衛門が保証した。

「公方さまにはお伝えできぬな」

小さく聡四郎が嘆息した。

八代将軍となった吉宗は、幕府財政を再建するために倹約を命じた。

「食事は祝い事の宴席を除いて、一汁《じゅう》三菜《さい》にいたせ。衣類は絹ものを止《や》めて木綿《もめん》ものにせよ。遊興に費《つい》やす暇があれば、武道に精進《しょうじん》せよ」

吉宗は天下にそう号令し、率先して実行している。

「贅沢禁止か」

倹約令は、そのように受け取られている。たしかに贅沢をするためには金が要る。いや、正確には金を遣わなければならなかった。

言いかたを換えれば、金がなければ倹約するしかなくなる。

「綱紀《こうき》粛正をいたせ」

吉宗は賄賂を禁じてもいた。

「お叱りを覚悟のうえ、申しあげまする」

太田彦左衛門が姿勢を正した。

「黙認なさいませ。決してお認めになられてはいけませぬが、知らなかったならばいくらでも言い逃れはできまする。とくに水城さまなれば、気づかなかったが通りましょう」

「褒められている気はせぬな」

ようは世間の裏とかをわからない鈍い男だと言われているのだ。聡四郎が苦い笑いを浮かべた。

「どうすればいい。まさか、奥右筆を呼び出して、余得は好きにしろとは言えまい」

「当たり前でございます」

聡四郎の言葉に、太田彦左衛門があきれた。

「では、知らぬ顔をしておけばよいのか」

「それでは、奥右筆に水城さまのお考えは伝わりませぬ」

太田彦左衛門が首を横に振った。

「どういたせばよい」

降参だと聡四郎が尋ねた。

「奥右筆の組頭にねぎらいだと称して、三両ほどくれてやりなさいませ」

「ねぎらえと」

「はい。金を渡すことで水城さまが賄賂を否定していないと暗に教えるのでございまする」

「そうか、吾《われ》からの賄《まいない》ということだな」

聡四郎が理解した。

「明日でよいか。今、持ち合わせがない」

「……奥方さまにお預けで」

少し恥じたような聡四郎に、太田彦左衛門が確認した。

「うむ。万一に備えて小判一枚は紙入れに入っておるが……」

聡四郎が告げた。

「一両あれば、十分でございますな。城中で金を遣うことはございませぬし」

「白扇《はくせん》なら三本あるが」

同意する太田彦左衛門に、聡四郎が付け加えた。

白扇は城中での金代わりであった。武家は潔いことを誇りとしている。いつ死んでも未練など遺さぬというのが心構えであり、とくに金への執着《しゅうちゃく》を下品として嫌った。

過去、伊達政宗《だてまさむね》が他の大名が領内で取れた金を使った貨幣を自慢したとき、多くの大名が手で触って感心したのに対し、扇子の上で受け、顔にも近づけず、「このような下卑《げび》たもの、将軍家をお守りする手で触ることはできぬ」と言い放ったと伝わっている。

その影響からか、城中で金を出すのは卑《いや》しいとされた。

しかし、城中でも金が要るときはある。それは城中での雑用一切をおこなうお城坊主への心付けであった。

「某《なにがし》どのに面談を申しこんで来てくれぬか」

「茶を頼む」

大名、旗本などは決められた詰めの間、役座敷から勝手に動くわけにはいかなかった。さすがに厠くらいは問題にならないが、喉が渇いたからといって台所へ行くことはできず、友人と会うにも詰め所の移動は認められていない。

お城坊主は、それらの用事をなすためにいた。

だが、幕府はその根本からして、戦う者によって作られている。ゆえに同じ石高《こくだか》ならば、番方《ばんかた》が上席になり、勘定方や奥右筆などの役方は格下になる。医者でさえ、将軍の侍医《じい》になる奥医師《おくいし》以外は、馬医者よりも格は低い。

そんな幕府でお城坊主は最下級の扱いを受ける。武士身分ではないし、禄も伊賀《いが》者同心《ものどうしん》にも及ばない。

食べていくにも辛い禄しかないとなれば、余得を得る方法を考え出す。それが雑用を頼まれたときにもらう礼金であった。

「頼もう」

茶を淹《い》れてくれだとか、弁当を使い終わったので後片付けをなどという日常の世話は、あらかじめ節季《せっき》ごとに金を渡しておくことで対応してもらう。が、それ以外の臨時の用は、節季払いには含まれておらず、その場での精算となった。

「これで」

臨時の用を頼む側は、自前の白扇をお城坊主に渡す。

「ただちに」

白扇を受け取ったお城坊主は動く。

それぞれの家柄と知行高《ちぎょうだか》で白扇一つの値段は決まっており、後日その白扇を持って屋敷を訪れれば、金に交換してもらえるのだ。

水城家もこのたび惣目付となったことで一千石をこえたため、従来の白扇一つ一分《ぶ》から、二分へと値上がりしていた。

「奥右筆に白扇は使えませぬ」

太田彦左衛門が小さくほほえんだ。

「であろうな。承知いたした。明日にでも金を持ってくるとしよう」

「お願いをいたしまする」

述べた聡四郎に太田彦左衛門が一礼した。

三

八代将軍吉宗は多忙であった。

朝食を取りながら、当番の側用人《そばようにん》からその日の予定を聞き、食事を終えた後はただちに政《まつりごと》の処理にかかる。

「碓氷《うすい》峠で岩石崩落……状況を確認する暇はないの。ただちに普請方《ふしんかた》から人を出せ」

「はっ」

「大奥《おおおく》から薪炭《しんたん》給付増量の願いだと」

次の書付に目を落とした吉宗が、不機嫌な顔をした。

「遠江《とおとうみ》、今、大奥には何人の女がおる」

「出入りもございますので確かではございませぬが……公方さまが見目麗《みめうるわ》しきをもって宿下《やどさ》がりをお許しになられたのが七十四人でございました。それぞれに付いておりました目見得以下の女中も奉公止めといたしましたので、全部で二百近くが減り、現在は月光院《げっこういん》さま、天英院《てんえいいん》さま、その他上《かみ》女中さま、お付きの者、御末《おすえ》まで入れまして、およそ七百を割るくらいかと」

問われた御側御用取次《おそばごようとりつぎ》の加納《かのう》遠江守久通《ひさみち》が答えた。

「まだ多いが……それにしても、この要求はなんだ。大奥で護摩回向《ごまえこう》でもおこなうつもりか」

吉宗が怒った。

「認めぬわ」

手に持った筆で、吉宗が大奥の願いに大きくばつ印を入れた。

「次は……」

将軍親政をおこなっている吉宗のもとには、大量の書付が届けられる。奥右筆はこの書付の量を増やすようにと老中たちから頼まれて、吉宗の足を引っ張ろうとした。

ようは、個人では処理できないくらいの仕事量を押しつけることで、吉宗に音《ね》を上げさせようとしたのである。

しかし、その策を見抜いた吉宗によって、奥右筆は聡四郎の臨検を受け、その軍門に降《くだ》る羽目になった。

結果、書付の数は大いに減ったが、それでも朝から昼餉《ひるげ》までは厠に立つ間も、茶を喫する間もない。

「右衛門大尉をこれへ」

書付の処理をしながら、吉宗が聡四郎を連れてこいと小姓《こしょう》に手を振った。

「はっ」

躊躇《ちゅうちょ》や聞き直しは、吉宗の嫌うところである。

そもそも小姓は名門旗本《はたもと》のなかから選ばれ、将軍の側近として育てられる。小姓の間に、心利《き》いたる者として将軍の目に留まれば、遠国《おんごく》奉行、御先手頭《おさきてがしら》などへ立身していろいろなことを学び、御側御用取次、あるいは側用人、町奉行、勘定奉行など、幕府の枢要《すうよう》を担う。

小姓はただちに御休息《ごきゅうそく》の間《ま》を出て、梅の間の聡四郎のもとへと出向いた。

「……お召しでございまするか」

すぐに聡四郎は吉宗の前に参じた。

「一同、遠慮いたせ」

吉宗が他人《ひと》払いを命じた。

「…………」

小姓、小納戸《こなんど》ら御休息の間に控える者たちがすばやく出ていった。

「お願いを仕《つかまつ》りまする」

「うむ。預かる」

太刀持ちの小姓が、加納遠江守に吉宗の佩刀《はいとう》を渡した。

本来、将軍最後の盾《たて》でもある太刀持ちなどの小姓はなにがあっても持ち場を離れることはできなかった。

それを吉宗は平然と慣例破りをして、追い払っていた。

「我らには口を閉ざす義務がございまする」

小姓になる者は、その前に「お役目にかかわることで知り得たものは、家族であろうとも話さず」という誓詞《せいし》を書く。

「…………」

それを吉宗は信じていなかった。

数年の間とはいえ幼い七代将軍家継《いえつぐ》の御代、将軍は政をおこなえなかった。政は御用部屋の老中たちによって動かされていた。

「越前《えちぜん》のよきにはからえ」

いや、家継のすぐ側に控えている側用人から老中格となった間部《まなべ》越前守詮房《あきふさ》の意向が、天下を左右した。

「なにを考えている」

「この布告を認めるのか」

老中たちにしてみれば、間部越前守の考えが気になる。

「公方さま、いささかこれはよろしくないかと」

「そちに預ける」

必死に手配りをして手間暇かけた政策が、間部越前守の一言で潰《つい》えてしまう。まだ幼かった家継は、傅役《もりやく》の間部越前守になついており、その言うがままなのだ。

「どうだ」

老中たちが、間部越前守の様子を知りたがるのは当然であった。

「本日はご気色《けしき》よろしいようでございまする」

「公方さま、おぐずりのご様子、越前守さまがおなだめ中」

最初は間部越前守の機嫌がいいか悪いかを訊くだけであったのが、やがて度を越していく。

「間部越前守どのはなにを話していた」

「先日提出した施策について、なにか言っていなかったか」

老中たちの要求に、

「公方さまに大奥拡張のお話を」

「施策については、あまりよいお顔ではございませんでした」

小姓たちが応じるようになる。

間部越前守は大奥の月光院と家継を握っている。老中でも恐ろしくないため、小姓たちへの気遣いがなく、さらに家継も間部越前守だけに頼り、小姓なんぞ目に入っていない。

それはすなわち、出世の手助けを間部越前守も家継もしてくれないということでもある。

小姓たちは老中へ媚《こ》びを売ることで、他の役職へ異動することを望むしかなかった。

こういった事情もあったとはいえ、小姓たちはその忠誠を将軍から老中へと傾けた。

そのことを吉宗は知っていた。

「万一、ここで話したことが漏れた場合、誰がなどという詮議《せんぎ》はいたさぬ。一同、すべてを斬首《ざんしゅ》する」

切腹ならばまだ家が残る可能性があった。一度改易をされても数年後には、名門の名前を絶やすのは惜しいとして、本禄の半分ほどで再興が許されるときもある。

されど斬首は違った。

斬首は罪人として弁明もできない罰になる。自死することで名誉の守られる切腹ではなく、武士身分も奪われての処刑。救いはどこにもなく、家族も追放され、家名の復興は決して許されない。

名誉ある小姓が、誰か一人の欲で家ごと潰される。先祖への顔向けなどできなくなる。

吉宗がそう宣して以来、誰一人残ろうともせず、他人払いに従うようになった。

「情けなきよな」

その様子を吉宗が不機嫌とわかる顔で吐き捨てた。

「漏れたならば、その場で腹を切りまするとでも言えば、使いようもあるものを」

「公方さま」

言いだしておきながら、その不満はあまりだろうと、加納遠江守が吉宗を諫《いさ》めた。

「手が足りぬのだ、手が」

吉宗がため息を吐いた。

「改革を始めたのはいいが、まったく進んでおらぬ」

「まだ効果が出るには、早すぎまする」

ぼやく吉宗に加納遠江守が首を左右に振った。

「早すぎはせぬ。改革というのは、皆に痛みを与える。今まで喰えていた者が喰えぬ。酒も好きに飲めぬ。女も着飾れぬ。万民に我慢を強《し》いるのが改革である」

吉宗が一度言葉を切った。

「辛い我慢を強いるだけに、改革には明るい先が必須である。ここを辛抱すれば、あと少し我慢すれば、いい日が来る。前より楽になる。そう思えばこそ耐えられる。だがな、人というのは弱い。早急に光が見えなければ、忍耐が続かなくなる。改革はすぐにでも効果を発揮しなければ失敗する」

焦っている理由を吉宗が語った。

「畏《おそ》れ入りましてございまする」

「見識が足りませず、申しわけもございませぬ」

加納遠江守と聡四郎が頭を垂れた。

「わかればいい。さて、聡四郎」

他人の前では官名で名指す吉宗だが、普段は通称で聡四郎を呼んだ。

「はっ」

用件に入ると、聡四郎が背筋を伸ばし、わずかに頭を下げて、傾聴の姿勢を取った。

「大奥はどうなっておる」

「……大奥でございまするか」

予想していなかった問いに、聡四郎が戸惑った。

「これを見よ」

先ほど拒んだ大奥の要求が書かれた紙を吉宗が、聡四郎へ向かって投げた。

「拝見仕りまする」

聡四郎が受け取った。

「……御広敷用人はなにを」

読み終わった聡四郎がため息を吐いた。

「そなたがいたころよりも酷《ひど》くなっておるぞ」

「まことに」

吉宗の指摘に聡四郎は同意した。

「ほう……」

聡四郎の対応に吉宗が少し目を大きくした。

「少しは肚《はら》ができてきたな。そう思わぬか、遠江」

「まことに」

加納遠江守も首肯した。

「今までの聡四郎ならば、己になんの咎《とが》がなくとも、申しわけございませぬと詫びを口にしていた。それをしなかった。つまり、責任がどこにあるかをしっかりと認識した。そうであろう」

「はい」

聡四郎が首を縦に振った。

「なれば、醜態《しゅうたい》はさらすまい。大奥を黙らせよ」

「承りましてございまする」

吉宗の下知《げち》を聡四郎は受けた。

「……聡四郎」

「竹姫《たけひめ》さまにお伝えすることはございましょうや」

少したためらった吉宗に、聡四郎が伺いを立てた。

「……息災《そくさい》かどうかだけでよい」

わずかな逡巡《しゅんじゅん》の後に、吉宗が辛そうに言った。

「なにもしてやれぬ。躬《み》は将軍である」

吉宗が肩を落とした。

倹約を天下に強制しておきながら、己の愛する女を特別扱いすることはできなかった。もし、竹姫に便宜を図ったと知られれば、大奥は確実に敵に回る。

「公方さまに表裏あり」

大奥は表《おもて》に出てこないと決まっているが、そのようなものはできて以来守られていない。なにせ、初代大奥総取締役春日局《かすがのつぼね》が、さんざん幕政に口出ししたのだ。

以降、五代将軍の母桂昌院《けいしょういん》、六代将軍の正室天英院、七代将軍家継の生母月光院と大奥が表を支配した。

その力を吉宗が取りあげた。

当然、大奥は反発したが、吉宗は聡四郎を大奥を管轄する御広敷用人に就けることで抑えこんだ。それが無に帰す。

政で注意することは、一に金、二に女と古来決まっている。

「幕府百年のため」

崩れそうな幕府の屋台骨を修復するために、吉宗は強権を振るっている。

「等しく犠牲を払う」

個別に事情を勘案して対応するようでは、改革はなりたたない。人というのは誰でも多少の不便には目をつぶってでも、続いていく変わらぬ日々を求める。

改革とは現在の安定を破壊することであった。

吉宗は幕府のために、初めて愛した女竹姫を継室《けいしつ》にするという夢をあきらめた。

今、恋心を再燃させ、竹姫に情を戻すことは、かつての苦渋《くじゅう》を捨て、改革を蹴《け》躓《つまず》かせることになった。

「…………」

吉宗の心のうちを察した聡四郎は、無言で平伏《へいふく》した。

四

大宮玄馬《おおみやげんば》は主人の出世に応じて、加増を受けていた。さすがにまだ若く世事《せじ》に疎《うと》いため、用人にすることはできないが、それでも家禄は八十石《こく》と水城家では用人と並ぶ高禄取りとなっていた。

「ご無沙汰をいたしております」

聡四郎の登城の供をした後、大宮玄馬は久しぶりに実家を訪れていた。

「元気そうじゃな」

大宮玄馬の父哲真《てつま》が、目を細めた。

「父上さまもご壮健《そうけん》のようで、なによりと存じまする」

親子とはいえ、父は御家人、大宮玄馬は陪臣《ばいしん》と身分に差がある。

大宮玄馬は下座でていねいに手を突いた。

「久しいが、よいのか、ご奉公は」

「はい。主《あるじ》の許しは得ておりまする」

主持《しゅう》ちは親が危篤《きとく》になっても、主の許可なく駆けつけることは認められていない。親子の情に引きずられ、勝手に会いに行ったとなれば欠《か》け落《お》ち者《もの》扱いをされても文句は言えなかった。

「ならばよし」

哲真が表情を緩めた。

「で、本日はどうしたのだ」

「ご存じでしょうや、このたび主が公方さまよりご厚恩を賜り、家禄一千五百石となられましてございまする」

用件を問うた父に大宮玄馬が答えた。

息子が仕える家のことだ。父親が気にしていないはずはなかった。

「噂には聞いておった」

「おめでたいことである。身分が違いすぎるゆえ、ご挨拶は遠慮いたしておるが、そなたよりよしなにお伝えしてくれ」

哲真が祝意を口にした。

「かならず、伝えまする」

大宮玄馬が引き受けた。

「そこで、つきましては新たな家士《かし》を求めたく、お知り合いでよきお方がおられれば、ご紹介を願いたく」

大宮玄馬が聡四郎から命じられたことを語った。

旗本には家禄に応じた軍役がある。家禄に応じた侍、足軽《あしがる》、小者《こもの》を抱えなければならない。五百五十石だったころからみれば、三倍まではいかないが、倍以上は要る。

「新規お召し抱えをなさると」

「はい」

念を押した哲真に大宮玄馬が首肯した。

「そなたは、今、何俵いただいておる」

哲真が尋ねた。

「先日ご加恩をいただき、八十石を食《は》んでおりまする」

「八、八十石……」

息子の答えに父が驚愕した。

大宮家は八十俵《ぴょう》という扶持米《ふちまい》取りである。扶持米八十俵は知行《ちぎょう》八十石と同じになるが、格が違った。

扶持米取りは、米を現物支給されるのに対し、石取りは、知行所《ちぎょうしょ》を与えられた。

一所懸命という言葉があるように、武士は土地のために命を懸ける。知行所を持った者こそ、武士のなかの武士であった。

「克真《かつま》、志津《しづ》」

哲真が声をあげた。

「父上、お呼びでございますか」

「なんでございましょう」

大宮玄馬の長兄克真、母志津が顔を出した。

「母上さま、兄上さま、ご無沙汰をいたしております る」

ほほえみを浮かべた大宮玄馬が挨拶をした。

「玄馬、立派になって……」

「少しは変わったか」

母志津が目を潤ませ、兄克真がじっと大宮玄馬を見つめた。

「聞け。玄馬はこのたびご加増され、八十石となった」

「まあ」

「なんと」

父哲真の言葉に二人が驚愕した。

「かたじけないことでございまする」

大宮玄馬が照れた。

「八十石とは、本家をこえたか」

克真がしみじみと言った。

「そこでじゃ、玄馬の主君である水城さまが一千五百石にご立身なされたということで、新たな家臣をお求めでな、儂に紹介を求めて参ったのだ」

哲真が告げた。

「道場の伝手《つて》があるだろう」

人捜しの手立てはあるはずだと、克真が怪訝な顔をした。

「それが、師が道場をたたまれまして」

「たしかに入江先生もお歳だったの」

哲真が納得した。

「それでも同門の知人はおろう」

「なかなか難しく」

訊いた哲真に、大宮玄馬が濁した。

大宮玄馬は先日道場の手入れに出向いたとき、偶然出会った同門の者から、水城聡四郎を紹介して欲しいと求められた。一応、その者も聡四郎の弟弟子になるので、紹介せずとも知り合いなのだが、その奥にある要望がまずかった。

同門の者が仕える主君の血筋と聡四郎の娘紬《つむぎ》との縁組を願っていた。

聡四郎の娘紬は吉宗の養女となった紅《あかね》との間に生まれた一粒種で、生後すぐに吉宗から「躬《み》の初孫なり」との声掛かりを受けている。

その宣言が大きな波紋を呼んでいた。

「将軍家との縁」

大名だけでなく、旗本が意気込んだのも当然であった。

吉宗には今男子しかいなかった。もし、吉宗と姻戚になりたいと考えれば、その息子を養子にもらうか、娘を吉宗の息子の妻にするしかない。

言うまでもないが、将軍家の息子を養子に迎えておきながら、家督を譲らないというわけにはいかなかった。

「徳川の血が入る」

もちろん、これで改易や僻地《へきち》への転封《てんぽう》などを喰らうことはまずなくなる。そう、喜んで受け入れる家もあるが、やはり武家にとって嫡流というのは大きい。

嫡男がおらず、姫しかいないという家ならば、婿として将軍の息子を迎えるというのはおかしな話ではないが、跡取りがいる状況となると藩が二つに割れる。

「徳川家の一門」

「代々の嫡流」

どちらにも理があるために、御家騒動のもとになる。

それが血は入っていないとはいえ、吉宗をして孫と言わしめた女子が生まれた。しかも生まれた家は増えたとはいえ一千五百石ていどの旗本でしかない。

「喜んで娘を差し出すだろう」

大名家はそう考える。

「当家にも望みはある」

まず将軍の娘と婚姻をなせない旗本にも望みが出た。

だが、紬は一人しかいない。その結果、紬を迎えたいという家は競争に入った。

同門の者の主君がまだ生まれて一年に満たない紬との縁を結びたがったのも、早い者勝ちと考えたからであった。

「そうか、同門からは無理か」

大宮玄馬の考えていることを読んだわけではないだろうが、哲真は引いた。

「で、どれくらいの縁をいただけるのだ」

肝心のことを克真が訊いた。

「最初は五十俵でございまする」

「……最初はということは、立身があるのだな」

哲真が息を呑んだ。

幕府ができて百余年、手柄を立てる場である戦《いくさ》はなくなり、出世はそうそうできなくなっていた。

とくに勘定方でもないかぎり、御家人の出世は難しい。事実、大宮家は幕初からずっと八十俵のままであった。

「何人ほどお召しになられる」

哲真が身を乗り出した。

「殿のお考えでは、剣の遣える者を二人、勘定の得意な者を一人、つごう三人を新規で召し抱えたいとのことでございまする」

「三人もか」

聞いた克真が唸った。

「もう少し早ければ、棟馬《とうま》を行かせたのだが……」

棟馬は大宮家の次男で玄馬のすぐ上の兄になるが、すでに他家へ養子として出ていた。

「三人とも任せてくれるのか」

「そのつもりで参りましたが、他に良き人材があったとき、あるいは殿にお目通りしてお心にかなわなかったときは、なかったこととさせていただきまする」

「むっ」

哲真が苦い顔をした。

「玄馬よ、門番足軽《あしがる》の類いはどうなのだ。家士としては足りずとも、門番小者《こもの》ならばということもあろう」

ふと克真が尋ねた。

「あいにく小者は、奥方さまのご実家にお願いをいたしますので」

大宮玄馬が首を左右に振った。そのじつは、幕府伊賀組の次男、三男から選ばれているが、さすがにそれを言うわけにはいかなかった。

「そうか、奥方さまは相模《さがみ》屋の娘御であられたな」

さすがに町人に敬称を付けるわけにはいかない。哲真が納得した。

「早速に訊いてみよう。いや、話を持ちかければ、誰も否やは申さぬどころか、必死に頼んでこよう」

貧しい御家人にとって、なによりの問題が次男以降の将来であった。娘はまだよかった。同じ家格あたりに嫁に行けずとも、裕福な商人や職人の嫁という手がある。器量に優れていれば高禄旗本、大名の側室という玉《たま》の輿《こし》もある。

だが、息子はそうはいかなかった。まず新規召し抱えはなく、婿養子の口は娘一人に婿数十人という有様である。よほど運がいいか、算勘や学問に秀でていなければ、生涯実家の厄介者《やっかいもの》として妻《めと》も娶れず使用人として生きていくしかなかった。

「人柄を重視していただきますよう」

「承知した」

念を押した大宮玄馬に哲真がうなずいた。

「安堵いたしました」

用を終えたと大宮玄馬が安堵の息を吐いた。

「玄馬さん」

頃合いとみたのか、母志津が大宮玄馬に話しかけた。

「なんでございましょう」

「婚姻はどうなっておりますか」

まだ独り身だと知っている母が、訊いてきた。

「まだ未熟でございまする。今はご奉公をいたすのが精一杯で」

大宮玄馬が逃げようとした。

「なにを言っておるのです。あなたはもう八十俵の三男ではありません。公方さまの御信任厚い水城さまの重臣なのですよ。そのあなたがいつまでも気楽な独り身でどうするというのですか。妻を娶り、子をもうけてこそ譜代《ふだい》の家臣となるのです」

志津が正論を口にした。

「…………」

反論できなくなった大宮玄馬が黙った。

「母に任せなさい。きっとあなたに似合う女《ひと》を探し出しましょう」

「お、お待ちを」

大宮玄馬が焦った。

武家の場合、見合いあるいは顔合わせとなったら、それは婚姻を約するとの意味になる。会ってから、容姿が気に入らないとか、性格が合わないなどという逃げは許されず、それこそ相手の娘を傷物にすることになる。言うまでもなく、そのようなまねをすると、相手の家とは敵対状況になる。要は実家の顔を潰すことになった。

「……母上」

大宮玄馬が息を一つ吐いて、姿勢を正した。

「気に入った娘がおりまする」

「まあ、どなたなのかしら」

宣した大宮玄馬に志津が目を見開いた。

「主家で奥方さまの御側を務めておりまする者で」

大宮玄馬が袖《そで》のことを口にした。

「お女中でございますか」

「はい」

「お家柄は」

志津が質問を続けた。

「同僚の娘でございまする」

伊賀《いが》の郷忍《さとしのび》であったとは言えない。幸い水城家には二人、伊賀の郷忍だった者が家中にいる。大宮玄馬は、偽りではないごまかしを口にした。

「武家の娘御なのでしょうね」

御家人のなかには商家から嫁を迎えて、その援助で生活を補う者も増えてきている。

「某の嫁の里は米屋だとか。食い扶持には困らぬの」

しかし、やむを得ないことではありながら、世間の目は冷たい。

「母上、それはなりませぬ」

大宮玄馬が険しい声で母志津を叱った。

「あっ」

言われて志津も気づいた。

聡四郎の妻、紅は人入れ屋相模屋伝兵衛《でんひょうえ》の一人娘であった。吉宗の養女となったことで、表だって聡四郎に皮肉を浴びせる者も悪口を言う者もいないとはいえ、通常ならば五百五十石の旗本の妻として、町屋《まちや》の娘が嫁ぐことはあり得なかった。

「申しわけありませぬ」

息子の主君のことを誹《そし》った形になる。志津が泣きそうな顔をした。

「お気をつけいただきたく。いかに母上とはいえ、あまり繰り返されると見過ごすことはできませせぬゆえ」

「…………」

「もうさせぬ。許してやってくれ」

真剣な表情になった大宮玄馬に、志津がうつむき、哲真が仲に入った。

「母上、お許しください」

さすがに親を脅したのはよくないと、大宮玄馬も詫びた。

「では、これにて」

気まずくなった大宮玄馬は、そそくさと実家を後にした。


吉宗からの指示を持って、聡四郎は梅の間へと帰った。

「お帰りなさいませ」

太田彦左衛門が迎えた。

「公方さまのお話はどのような」

「大奥を抑えろとのお下知であった」

問われた聡四郎が答えた。

「……なんと、大奥でございまするか」

聞いた太田彦左衛門が驚いた。

「お下知とはいえ、難しいな」

吉宗の命に不満を言うことはできない。

「たしかに難しゅうございまするな」

太田彦左衛門も思案に入った。

「水城さまは、御広敷用人をなさって……」

「やっていたが、ほとんど竹姫さまのお相手だけで、大奥の監督、監察をしてはおらぬ。大奥に手出しをするとして、どこから手をつければよいのか……」

聡四郎が戸惑った。

「御広敷用人とはどのようなお役目を」

太田彦左衛門が尋ねた。

御広敷用人は吉宗が新設した役目の一つであった。大奥の出入りを管轄するだけであった御広敷番頭《ばんがしら》では、奥女中たちを抑えきれないと考えた吉宗が、大奥女中だけでなく、持ちこまれる物品などを差配するために設けた。

「大奥のことすべてを担当する役目であった」

「すべて……となりますと、御広敷用人を咎めればよいのではございませぬか」

説明ともいえない聡四郎の話を聞いた太田彦左衛門が提案した。

「ふむ。公方さまのお望みは大奥の無駄遣いをなくすことでもある」

もちろん、それだけではなかった。

倹約を吉宗が命じているのにもかかわらず、薪炭の追加を求めてきた。これは吉宗の命を無視したものであった。

「御広敷用人がわかっておらぬ」

聡四郎が首を横に振った。

「今は誰が御広敷用人をしておるか。二戸《にへ》に問うてくる」

「では、わたくしも七《なな》つ口《ぐち》を見て参りましょう」

腰をあげた聡四郎に、太田彦左衛門も応じた。

七つ口は、夕刻七つ（午後四時ごろ）に閉まることからその名が付いた、大奥の出入り口である。大奥に納められる品は、すべてここを通じた。

「頼む」

梅の間を出た聡四郎は、太田彦左衛門と別れて奥右筆部屋へと向かった。

奥右筆部屋は御用部屋と並ぶ幕府の枢要である。今でこそ、将軍家が御座《ござ》の間《ま》から御休息の間へと移動したことで少し離れた感はあるが、それでも梅の間からは近かった。

「入るぞ」

聡四郎は一応声をかけてから、襖《ふすま》を開けた。

奥右筆部屋には政にかかわる機密が、まさに転がっている。当然、他見されてはまずいため、奥右筆以外の者の出入りは禁じられていた。

その老中でさえ遠慮する奥右筆部屋へ、聡四郎は躊躇《ちゅうちょ》なく入った。

「惣目付さま、御用でございましょうか」

聡四郎を見て、すぐに奥右筆組頭の二戸稲大夫《とうだゆう》が近づいてきた。

「御広敷用人について問いたい。どうなっている」

「承知いたしました。おい、戸村《とむら》」

二戸稲大夫が、一人の奥右筆を呼んだ。

「補任《ぶにん》を扱っておりまする、戸村市正《いちまさ》と申しまする」

「戸村にございまする」

紹介を受けた戸村市正が頭を下げた。

「今、御広敷用人は誰がしておる」

聡四郎が問うた。

「現在、御広敷用人は……」

補任補弼《ほひつ》を担当する奥右筆とはいえ、幕府で目見得以上の役職すべてを覚えているわけではない。それでも重要とされる役目や、新設されたものについてはよく覚えていた。

御広敷用人も聡四郎のいたころとは顔ぶれが変わっていた。初代御広敷用人だった小出半太夫《こいではんだゆう》はまだ残っているが、他はほとんど異動した。

小出半太夫がまだ御広敷用人でいるのは別段適任だというわけではなく、聡四郎と相反し、月光院や天英院の意に従って吉宗の倹約令の足を引っ張ったからであった。

「そのていどか」

期待して紀州《きしゅう》から供をさせ、大奥を預ける重要な役目に就けたにもかかわらず、女たちの勢いに迎合《げいごう》した。吉宗の落胆は大きい。

「もうよい」

吉宗は小出半太夫を見限った。

人にとって嫌われるより、無視されるほうが辛い。聡四郎を始め、他の者も立身して御広敷を外れている。そのなかで御広敷用人の筆頭、肝煎《きもいり》ともいうべき小出半太夫だけがそのままおかれつづけている。

小出半太夫は、吉宗のなかでいない者として扱われたのだ。紀州から選ばれて江戸へ来るほど信頼されていただけに、小出半太夫の絶望は強い。

「……そうか」

聡四郎は嘆息した。

「他の三人は、紀州からお連れになられた者か」

「いえ。皆、代々の旗本でございまする」

「……ご苦労であった」

代々のというところに紀州への、すなわち吉宗への反発を見て取った聡四郎は、戸村市正をさがらせた。

「ああ、二戸」

「なにか、まだ」

ずっと隣で聞いていた二戸稲大夫が、聡四郎の呼びかけに応えた。

「近いうちに公方さまより、新しき御広敷用人を選出せよというご下命があろう。いくたりか候補を出しておくように」

「ち、近いうちでございまするか」

その言葉の意味に、二戸稲大夫が震えた。

「別段、紀州の者であらざるともよい。女どもに飼われぬ肚を持った者にせよ。でなくば、公方さまのお怒りは、奥右筆にも……な」

「はっ」

二戸稲大夫が緊張して背筋を伸ばした。

「これは私事じゃ。明日、昼前に梅の間まで来るように」

太田彦左衛門に言われた金のことを思い出した聡四郎が、二戸稲大夫に告げた。

「明日の昼前、梅の間へ。承知いたしましてございまする」

硬くなったままで二戸稲大夫が首肯した。

第二章　慣例破壊

一

御休息の間は緊迫していた。

「おまえたちの役目はなんだ」

呼び出した北町奉行中山出雲守時春《なかやまいずものかみときはる》と南町奉行大岡越前守忠相《おおおかえちぜんのかみただすけ》の二人を前に、吉宗があきれた。

「町中で爆薬を使わせるなど……情けなくて涙も出ぬわ」

「……………」

怒る吉宗に二人の江戸町奉行は何も言えず、黙るしかなかった。

「町奉行の役目について、あらためて説明する気はない」

「申しわけもございませぬ」

中山出雲守が深々と頭を下げた。

「今さら遅い」

「公方さま……」

冷たく謝罪を切った吉宗に中山出雲守が顔色《がんしょく》を失った。

「そなたらに命じる。江戸の治安には手を出すな」

「なんと仰せに……」

吉宗の言葉に中山出雲守が唖然《あぜん》とした。

「それはっ」

ずっと黙っていた大岡越前守も驚愕の声を漏らした。

「聞こえなかったか。罪を犯した者の探索、追捕《ついぶ》、裁決をそなたたちから取りあげる。牢屋《ろうや》奉行の支配も移す」

もう一度吉宗がより詳しく告げた。

「お、お待ちを。では、誰が御城下の治安を」

「火付盗賊改方《ひつけとうぞくあらためかた》にさせる。加役《かやく》、増《まし》加役を増やし、任期を通年にすれば、十二分にやってのけるであろう」

「お待ちくださいませ。たしかに火付盗賊改方も治安の一助となっていることは確かでございまするが、もともと火付盗賊改方は御先手弓組《おさきてゆみぐみ》の本役《ほんやく》ではない加役としてのもの。数年ほどで交代しておりますゆえ、江戸の町にも詳しいとは申せず、町奉行所ほどのことができるとは思えませぬ」

大岡越前守が吉宗に意見した。

「ほう、町奉行がなにをしたと」

「……今回のことにつきましては、言いわけのしようもございませぬが、それ以外ではうまく御城下を維持しておりまする」

「よく申したの」

「…………」

言いぶんを鼻で笑われた大岡越前守が沈黙した。

「城下に詳しいとほざいたの」

「はっ」

中山出雲守がここぞとばかりに答えた。

「御用聞《ごようき》きなどという無頼《ぶらい》を使っておりながら、どこに詳しいのだ。賭場《とば》か、悪所《あくしょ》か」

「そのようなことまでご存じとは」

嘲《あざけ》られた中山出雲守が驚愕した。

「己の膝元くらいわからずして、政ができるか」

吉宗が苦笑した。

「ですが、そのような者は一部でございまする。ほとんどは真面目に働いてくれておりまする」

「その一部が問題じゃ。桶に墨を一滴垂らし、そこへ白絹を浸けてみよ。白絹はわずかとはいえ染まるぞ」

「それは……」

中山出雲守が詰まった。

「それに、御用聞きどもはどうやって飯を食っておる」

「本業がございまする。船宿であったり、小物《こもの》屋であったり……」

吉宗の問いに、中山出雲守が述べた。

「片手間で江戸の治安を守っていると」

「……い、いえ」

中山出雲守が口ごもった。

「そなたらは町奉行なのだな」

わざとらしく吉宗が確認した。

「町奉行所のことには精通しておるはずじゃの」

「…………」

今までの遣《や》り取《と》りで、迂闊《うかつ》なことは言えないと理解したのか、中山出雲守も大岡越前守も沈黙を守った。

「どうやら、知らぬようじゃ。遠江」

「はっ」

加納遠江守が、二人の町奉行を警戒する姿勢から、吉宗へと身体を向けた。

「奥右筆へ命じよ、新たな町奉行にふさわしい者を書き出せと」

「承知いたしましてございまする」

吉宗の指示に加納遠江守が腰を浮かせた。

「何卒《なにとぞ》、何卒、ご容赦を」

「…………」

中山出雲守が必死で詫び、大岡越前守が無言で頭を畳に押しつけた。

「知っておるのだな。御用聞きのこと」

「はい」

念を押した吉宗に中山出雲守が肩を落とした。

「御用聞きは幕府の家人《けにん》でも役人でもない」

「ございませぬ」

中山出雲守が吉宗の発言に同意した。

「町奉行所の与力、同心が私的に雇っているだけの者であるの。その費用は与力、同心が出している」

「さようでございまする」

「どれくらい払っているか知っておるのか」

「そこまでは……」

問うた吉宗に中山出雲守が首を横に振った。

「越前守、そちは存じおるか」

「いえ」

大岡越前守も知らないと言った。

「はああ」

吉宗が大きくため息を吐いた。

「江戸町奉行が飾りと言われるわけだ」

「ぐっ」

「むう」

中山出雲守と大岡越前守の二人が歯がみした。

「よいか、御用聞きに支払われる金は、節季ごとに一分くらいである」

「一分……」

「そのていど」

吉宗に言われて、二人の町奉行が驚いた。

「見るがいい」

左膝側に置いてあった書類を吉宗が放りつけた。

「お先に」

先任の中山出雲守が書類を手にした。

「……越前どの」

急いで目を通した中山出雲守が書類を大岡越前守に渡した。

「御免」

大岡越前守が書類を受け取った。

「……少ない」

読んだ大岡越前守が呟《つぶや》いた。

「一分では喰うことも敵《かな》わぬな。一年で一両にしかならぬ。しかも御用聞きは一人では仕事ができぬ。配下どもを養わねばならぬ。三人配下がいるとすれば、御用聞きの生活も含めて三十両は要る。足りぬ二十九両はどこから得る」

「…………」

それまでわからないと言って逃げるわけにはいかなかった。それこそ罷免のうえ、減禄となりかねなかった。

「越前、申せ」

「町人どもから集めるしかないかと」

答えないという選択肢もない。

苦い顔で大岡越前守が述べた。

「ふん」

吉宗が鼻を鳴らした。

「金を集める。出した者はいいが、出さなかった者、出せなかった者はどうなる」

「庇護《ひご》いたしますまい」

正直に大岡越前守が言った。

「治安を守る者は、民を皆ひとしく保護をせねばならぬ。でなくば、民は政を疑う」

「はい」

「仰せのとおりでございまする」

二人が認めた。

「御用聞きを禁じる」

「……わかりましてございまする」

命じた吉宗に中山出雲守はただちに承諾した。

「いきなりはかえって混乱を招くかと愚考つかまつりまする。いささかの猶予を賜りたく」

大岡越前守が、現場が落ち着き、次の手段を模索するまでの時間を求めた。

「一月《ひとつき》だ」

「かたじけのうございまする」

吉宗が期限を決めれば、それを延ばすことは無理だと大岡越前守は知っていた。

「よし、下がれ」

「はっ」

「はい」

中山出雲守と大岡越前守が手を突いた。

江戸町奉行は昼八つ（午後二時ごろ）前まで江戸城で待機する。勘定奉行、寺社奉行と並んで三奉行と言われる町奉行は、政に参加する。そのために昼過ぎまで城内に詰める。

だが、それは形だけのものであった。江戸町奉行は三千石高で勘定奉行の上席とされているが、その権限は江戸の城下だけに限られる。

全国の寺社すべてを監察する寺社奉行、幕府領の年貢徴収や幕府の財政を握る勘定奉行に比せば、はるかに非力であった。

実際、評定所《ひょうじょうしょ》における審査や話し合いには呼ばれなければ参加できないし、したところで求められたことに答えるだけしか許されていない。

城中でも勘定奉行が密に老中と打ち合わせをするのを横目に見ているだけで、諮《し》問《もん》がなければ黙っている。

まさに町奉行は名誉は高く、実務は低い役目であった。

それでも刻限までは詰め所である芙蓉《ふよう》の間で過ごす。

「越前どのよ」

「出雲守どの」

吉宗の前から下がった二人は、芙蓉の間に戻る前に、示し合わせたかのように足を止めた。

「少し、話をいたしたいが」

「わたくしもそう思っておりました」

中山出雲守の申し出に、大岡越前守がうなずいた。

「御坊主どの」

大岡越前守が廊下の隅で控えているお城坊主を招いた。

「御用でございましょうか。越前守さま」

心付けがもらえると、お城坊主が嬉々《きき》として近づいてきた。

「どこか空き座敷はないかの」

白扇を差し出して大岡越前守が訊いた。

「空き座敷でございますか。こちらへ」

満面の笑みを浮かべながら、白扇を懐にしまったお城坊主が先導した。

「すまぬが、しばし二人で話がしたい」

空き座敷へ入る前に大岡越前守が、お城坊主に頼んだ。

「承知いたしました」

他人が来ないように見張っておくと、お城坊主が首を縦に振った。

「……さて、越前どのよ。公方さまの御諚《ごじょう》、いかようになさるおつもりか」

中山出雲守のほうが、大岡越前守よりも先任になる。勘定奉行から町奉行になったという経歴も、伊勢山田《いせやまだ》奉行を経て普請《ふしん》奉行、そこから町奉行へ抜擢された大岡越前守より格上であった。

「それでございまするが……治安を放置できるのは、じつのところ、ありがたいと思っておりまする」

大岡越前守が本音を口にした。

「貴殿も同じお考えか」

中山出雲守も同意した。

町奉行の職務は多岐にわたる。物価の統制、城下の政、疾病や火災、風害の予防、対応、水運の監督、弱者救済等々、やることは山のようにある。治安や囚獄《しゅうごく》の管理、裁決が目立つだけに主な仕事と思われているが、実際は一部でしかなかった。

「ご城下の維持をするには人手が足りませぬし」

「まさに、まさに」

またも中山出雲守が大岡越前守の意見に賛同した。

天下の城下町として数十万人の民を抱える江戸は、日々拡張を続けている。そのうち武士、僧侶神官以外を町奉行所は担当する。

だが、町奉行所の人員は極端に少なかった。

南北両奉行所を合わせて、町奉行二人、与力五十人、同心二百人、小者若干という少なさであった。

「治安を火付盗賊改方に預けてしまえば、町奉行所は政をおこなうだけですみまする。もちろん、これでも人手は足りませぬが、それでもかなりましになりまする」

「うむ」

大岡越前守の発言に中山出雲守が首を縦に振った。

「まさに公方さまのご発言は、渡りに船でございましたが……」

「それは我ら奉行職だけのもの」

「はい」

大岡越前守が首肯《しゅこう》した。

「与力、同心どもが黙っておりますまい」

「余得がなくなる。なくなるとまでは言わぬが、おそらく半減以下になるの」

大岡越前守の言葉に中山出雲守が腕を組んだ。

町奉行所の与力は、一万石の大縄地《おおなわち》という知行所《ちぎょうしょ》を与えられていた。それを五十人で分けた。もっとも筆頭与力などになると二百石以上を支給され、新任は二百石を割るが、およそ一人二百石の禄になった。

同心は三十俵二人扶持を基本として、こちらも筆頭同心などになると、扶持が増やされた。一人扶持は一日玄米五合の支給、年にすると五俵になる。

これらをおしなべると、与力の収入は八十石、金にして七十両少し、同心がおよそ四十俵、金にして十五両内外となった。

一両あれば町人が一家で一カ月生活できるとされているなか、七十両や十五両という金額は少なくないように見える。

ただ、武士の家禄には軍役のぶんが含まれている。与力は目見得はできないが、それでも武士身分の家士一人、小者二人は抱えていなければならない。同心でさえ小者二人を軍役は命じている。

家士一人で最低でも、年に五両と二人扶持、小者は多少の上下はあっても、年に二両は要る。さらにこれらの食事、衣服は雇い主が用意しなければならなかった。

食事や住居、衣服の代金で年に三両はかかる。小者一人に年五両、二人で十両の支出をしなければならない。

そうなると同心の実収入は二十五両ほど、二月《ふたつき》で一両ほどしか遣えないことになる。

それで生活をし、身形《みなり》を整え、武芸の鍛錬もとなると相当厳しい。とても余裕はなく、贅沢などはできなかった。

「余得はどのくらいになりましょう」

「わからぬ。それだけは、与力も同心も決して口にせぬ」

大岡越前守の問いに中山出雲守が首を左右に振った。

「やはり……」

小さく大岡越前守がため息を吐いた。

「誰も他人に、金のことは話さぬわ」

「たしかに」

中山出雲守の苦笑に、大岡越前守も応じた。

「町奉行所へ戻り、公方さまの御諚を申し伝えたとして、どうなりましょう」

「どうもならぬわ。上意であるといえばすむ」

大岡越前守の相談に、中山出雲守が答えた。

「面従腹背《めんじゅうふくはい》いたしましょうなあ」

「いたすであろう」

上意にも従うまいと二人の町奉行が嘆息した。

「面倒でございますな」

「うむ」

二人の町奉行が顔を見合わせた。

「明日も、ここでお話しできましょうや」

「こちらからも願おう」

大岡越前守の願いに中山出雲守がうなずいた。

町奉行二人を下がらせた吉宗は、加納遠江守と有馬兵庫頭氏倫《ありまひょうごのかみうじのり》を手招きした。

「近《ちこ》う寄れ」

「ご無礼を」

加納遠江守と有馬兵庫頭が御休息の間上段、襖際に座を移した。

「町奉行どもは、配下どもを抑えられると思うか」

「無理でございましょう」

有馬兵庫頭があっさりと断じた。

「かなり難しゅうございましょう」

少し表現を柔らかくはしたが、加納遠江守も否定した。

「馬鹿どもは、町屋から差し出される金は己のもので、子々孫々、永遠に続くと思いこんでおる」

吉宗が腹立たしいと吐き捨てた。

紀州徳川《とくがわ》家の二代当主光貞《みつさだ》が、湯屋での戯《たわむ》れとして手をつけた女から生まれた吉宗は、長く公子《こうし》として認められず、城下で育った。

立派な兄が二人いたこともあり、吉宗はどうでもいい子供として気にされなかったおかげで、城下の商人や職人、身分の低い武家との交流ができた。

結果、吉宗は世情に通じた。

「どう出ると見るかの」

吉宗が二人の御側御用取次に問うた。

「一つは役目の手を抜きましょう。そうすることで町奉行どのに圧をかけ、公方さまへ取りなしを願う」

有馬兵庫頭が述べた。

「…………」

「どうした、遠江」

黙った加納遠江守に吉宗が訊いた。

「兵庫頭どのが言われたようなまねをいたしましょうか」

加納遠江守が首をかしげた。

「儂がまちがっていると」

有馬兵庫頭が気色ばんだ。

「いえ。通常ならば、有馬兵庫頭どののお考えどおりになるはずです。ただ……」

「ただ、なんじゃ」

吉宗が加納遠江守を促した。

「正直に話すかどうか」

「奉行どもがか」

余りに都合の悪い話である。それを拒否できず、持ち帰った中山出雲守、大岡越前守は、与力や同心から非難を浴びる。

町奉行は配下の与力、同心がいなければなにもできない。先祖代々世襲《せしゅう》してきた町奉行所の役人たちは、業務に慣れている。対して、出世してきた町奉行は、町奉行所の慣例などをまったく知らないのだ。

「そのようなことはできませぬ」

「勝手なことをなされては困りまする」

町奉行所だけではないが、どの役目も独特の慣習ややり方を持っている。それに反すれば、役人は動かない。

旗本の顕職《けんしょく》などと言われているが、そのじつ町奉行は、配下の与力、同心に支えられているだけの冠《かんむり》であった。

「もし、そうならば、出雲守、越前守ともに不要である」

吉宗が険しい表情になった。

「いえ、それはないかと思いまする。お二方とも公方さまのお叱りを受けることの畏れ多さを十二分に知っておりましょう」

加納遠江守が首を横に振った。

「では、誰が正直に……与力、同心どもか」

そこまで口にしたところで、吉宗が気づいた。

「はい。公方さまが、江戸の治安は火付盗賊改方に預けると仰せになられたことを隠し、今までどおりに金を受け取ろうとするのではないかと」

「ふむう」

吉宗が加納遠江守の危惧《きぐ》に唸った。

「躬がそのことを天下に公表せぬと考えておるのだな」

「おそらくは」

苦い顔をした吉宗に、加納遠江守が首肯した。

「火付盗賊改方はその名の通り、火付けと盗賊を駆逐するための役目でございまする」

加納遠江守が続けた。

「そもそもは世情不安定な幕初に、町奉行所だけでは手が足りまいとして設けられた非常の職。そのため火付けや盗賊の多くなる秋から春までの期間だけのものでございました」

「うむ」

加納遠江守の説明を吉宗が認めた。

「さすがに目の前でおこなわれていたとあれば対応いたしましょうが、女へのいたずら、暴力、脅し、強請《ゆすり》などは火付盗賊改方のお役目ではございませぬ。もし、公方さまが本気で火付盗賊改方に江戸の治安をお預けになるならば、まず加役ではなくすこと、すべての罪を罰せられるようになさらねばなりませぬ」

役人は基本として、役目を外れるのを嫌がる。

「先手組が嫌がるな」

吉宗が嘆息した。

今、火付盗賊改方をしているのは先手組である。そして先手組は、徳川家が戦をするときに先陣を務める名誉ある役目であり、不浄職と蔑《さげす》まれている罪人の捕縛などは引き受けるはずはなかった。

「加役なれば、やむを得ずでございましょう」

有馬兵庫頭が、今先手組が火付盗賊改方をしている理由を推測した。

「実際に手に余れば斬り捨ててよいと言われておる。これも大きいな。戦場のない今、人を斬る機会はまずない。先手組が人を斬ったことがないようでは、いざというとき役に立たぬ」

吉宗が言った。

「火付盗賊改方に江戸の治安を預けると公表はできぬか」

「すれば町人どもは動揺いたしましょう。微罪は見過ごされると。そして先手組は不浄の仕事と、火付盗賊改方を引き受けませぬ」

半分あきらめた吉宗に、加納遠江守が止《とど》めを刺した。

「…………」

吉宗が困惑した。

「出雲守どのと越前守どのの手腕に期待するしかございませぬ」

有馬兵庫頭が手はないと告げた。

二

聡四郎は御広敷用人の現状を確認すると、そのまま御広敷へと向かった。

御広敷は表と奥《おく》を繋ぐ中奥《なかおく》にあり、大奥への出入り口でもあるが、将軍の食事を作る台所も含んでいた。

「惣目付である。入るぞ」

吉宗から城中すべてを監察せよと命じられている。聡四郎は遠慮なく御広敷用人の控え室の襖を開け放った。

「なっ」

「これは……」

「そなたは、水城」

なかで雑談していた御広敷用人たちが、突然のことに驚いた。

「惣目付水城右衛門大尉である。公方さまのお下知により、臨検仕る」

「……惣目付さま」

「はっ」

すでに聡四郎が吉宗のお声掛かりで、惣目付に任じられたことは、城中に拡がっている。

新任であろう御広敷用人が、畏れ入った。

「水城、いったいなにごとであるか」

顔見知りの小出半太夫が、一人抵抗した。

「これを見よ」

吉宗から渡された薪炭追加要求の書付を聡四郎が小出半太夫に渡した。

「……これがなんだと」

小出半太夫がわかっているのかいないのか、怪訝な顔をした。

「大奥はあらかじめ決められただけの薪炭では足らぬと申すのか」

「……………」

さすがに吉宗の機嫌を損ねたとわかったのか、小出半太夫が黙った。

「これはどなたの局《つぼね》の要求か」

聡四郎が詰問した。

「月光院さまのお局のものでございまする」

「大池《おおいけ》、なにを」

答えた新任の御広敷用人を小出半太夫が怒鳴った。

「惣目付さまのお問い合わせに応じただけでございまするが」

「なにを申すか。我らは大奥の月光院さま、天英院さまのお指図を実行するために

……」

「半太夫」

聡四郎が鋭い声で遮った。

「な、なんじゃ」

殺気を含んだ聡四郎に、小出半太夫が震えた。

「そなた、今、なんと申した。御広敷用人は月光院、天英院の支配を受けているだ

と」

わざと聡四郎は月光院たちの敬称を抜いた。

「水城、おまえこそ無礼であろう。月光院さまは七代将軍家継さまのご生母、天英院さまは六代将軍家宣《いえのぶ》さまのご正室であるぞ。そなたごときが呼び捨てにしてよいお方々ではない。見逃してやるゆえ、さっさと出ていけ」

小出半太夫が勝ち誇った。

「……愚かなり」

聡四郎が哀れみの目を小出半太夫に向けた。

「なんだ、その目は」

小出半太夫が反発した。

「そなたは、最初に拙者がなんと名乗ったかを聞いていなかったようだな」

「へっ」

蔑むような目をした聡四郎に小出半太夫が間抜けな声を出した。

「大池と申したな。その方、聞いておったな」

「はい」

聡四郎に確認された大池が首肯した。

「な、なんと申していた」

小出半太夫が焦りながら、問うた。

「公方さまのお下知により臨検仕ると、惣目付さまは仰せになられましてございまする」

大池が述べた。

「……公方さまのお下知」

音を立てて小出半太夫の顔色がなくなった。

「公方さまにご報告するまでもなし。御広敷用人筆頭小出半太夫、屋敷で慎みおれ。あらためてお沙汰《さた》があるまで、門を閉じ遠慮するよう」

「し、しばし、しばし」

小出半太夫が手を突いた。

「首を洗っておけ。そなた、先ほど月光院と天英院の名を出しながら、竹姫さまを無視いたしたな。公方さまがそれをお知りになったならば、どのようなお沙汰がおりるか……」

「ひいっ」

氷のような雰囲気の聡四郎に小出半太夫が腰を抜かした。

清閑寺《せいかんじ》家の娘であった竹姫は、五代将軍綱吉の側室大典侍《おおすけ》の局《つぼね》に養女として京から迎えられた。将軍養女となった竹姫は二度婚姻を約したが、どちらも相手の急死によって潰《つい》え、大奥で生活していた。

その竹姫に吉宗が惚れた。

生類憐《しょうるいあわれ》みの令《れい》などの失政で非難を浴びた綱吉の養女という肩書きが、竹姫を表から消した。誰もが綱吉の名を嫌い、竹姫を妻に求めず、大奥もいない者として放置した。

うら若い乙女が、そのように扱われてどのように感じるか。言うまでもなく、竹姫は萎縮《いしゅく》し、贅沢などとは無縁のつましい日々を、世捨て人のように過ごした。

そのはかなさに吉宗が好意を抱いた。

将軍となった吉宗には御台所《みだいどころ》がいなかった。伏見宮《ふしみのみや》から嫁いだ真宮理子《さなのみやまさこ》女王は産後の肥立《ひだ》ちが悪く亡くなっており、以降吉宗は紀州藩主の時代から継室《けいしつ》を迎えていなかった。

将軍が宮家あるいは五摂家《せっけ》から御台所を迎えるという慣例にはそぐわないが、清閑寺も藤原北家勧修寺《ふじわらほっけかじゅうじ》流の公家《くげ》で、家格は名家《めいか》と高い。少し金を遣えば、五摂家の養女とするくらいは容易であり、竹姫と吉宗の婚姻に支障はないと思われた。

しかし、その幸せは大奥によって潰された。

大奥を特別扱いせず、改革の刃を入れた吉宗を憎んだ月光院と天英院が権謀術《けんぼうじゅつ》策《さく》を駆使して、二人の縁を断ち切った。

「血は繋がっていないとはいえ、竹姫さまは五代将軍綱吉さまのご養女。そして公方さまは、七代将軍家継さまのご養子で、綱吉さまから見れば曾孫《そうそん》」

万世一系の天皇家ではないが、将軍家も嫡流継承の形を取っていた。そのため、実子でない相続は、先代の将軍と養子縁組をして、嫡子の形を取る。

つまり、吉宗は家継の息子で、家宣の孫、そして綱吉の曾孫となった。

「曾孫が曾祖父さまの娘、大叔母《おおおば》を娶るなど、人倫《じんりん》にもとる」

まさに理だけではあったが、正論であった。

「竹の養女縁組を解けば……」

吉宗も対抗しようとしたが、できなかった。

幕府は忠孝をその政の中心としている。曾祖父のやったことを曾孫が解く。それが悪法ならばいい。天下万民の理解が得られるからだ。しかし、養女縁組は公ではなく私であり、また養女になったことで竹姫は大奥にいることができた。もし、養女になっていなければ、竹姫は京へ送り返され、実家の清閑寺で肩身の狭い思いをするか、仏門に入るかしかなかった。

「大奥で何不自由なく生活できた」

これも事実であり、養女縁組を解くのは、今までの生活を否定することにもなる。

なにより幕府立て直しを願う吉宗である。私の欲望で忠孝を枉《ま》げるわけにはいかなかった。

「すまぬ」

吉宗は竹姫との未来をあきらめた。

「一夜だけの妻。それを頼りに余生を送りたく」

竹姫が願い、ひそかに吉宗と竹姫は情を交わした。

「気を配ってくれるように」

吉宗は竹姫を養女にした。こうすることで竹姫に現将軍の娘という格を与え、局の維持ができるようにした。

その吉宗の想いを小出半太夫は無にした。

「竹姫さまのことを公方さまはお忘れになられたことなどない」

かつて竹姫付きの御広敷用人をしていた聡四郎は、吉宗の本気を目の当たりにしてきた。なにより改革という戦いを天下に挑んでいる吉宗の安らぎの場が、竹姫の側しかなかったのだ。その竹姫を妻とするのをあきらめた吉宗が、どれだけ穏やかな生活を送らせたいと願っているか、聡四郎は小出半太夫を蹴り飛ばしたくてしかたがなかった。

「ここで斬り捨ててくれたいところだが、公方さまのお怒りを吾が奪い取るわけにはいかぬ」

「ひゃあ」

小出半太夫が聡四郎の怒りに悲鳴をあげた。

「大池」

「はっ」

「そなたが筆頭を代行いたせ」

「承知いたしましてございまする」

大池が頭《こうべ》を垂れた。

「遠藤《えんどう》、見ているな」

「はっ」

御広敷用人の控え室、その隣にある伊賀者番所から返答があった。

「竹姫さまはお辛い思いをしておらぬな」

「はい。大事ないかと。その小出ではない他の御広敷用人が気配りをいたしておりましたので」

御広敷伊賀者組頭遠藤湖夕《こゆう》が告げた。

「うむ」

ようやく聡四郎が怒りを消した。

「大奥の表使《おもてづかい》をこれへ」

「はっ」

遠藤湖夕が応じた。

伊賀者の部屋には大奥への出入り口があった。

御広敷の役人、医者などはここから大奥へ出入りしていた。

「なにかの」

四十歳をこえたかこえないかといった年齢の奥女中が、出入り口大奥側から問うた。

「惣目付水城右衛門大尉でござる。表使どのであるか」

聡四郎が出入り口の御広敷側からたしかめた。

「いかにも。表使の園部《そのべ》じゃ。惣目付が妾《わらわ》に何用か」

表使は大奥に要りような米、味噌から、奥女中の虚栄心を満たす豪華な着物、簪《かんざし》まで、あらゆるものの買い付けを差配する。他にも大奥へ奉公にあがる女たちの手配、面接などの人事も担当する。身分は中臈《ちゆうろう》や御錠口《おじようぐち》係よりも低いが、大奥を取り仕切る年寄《としより》の腹心《ふくしん》と言える実力者であった。

「もうよろしい。お帰りあれ」

詰問口調の園部に聡四郎が犬を追うように手を振った。

「な、なんと無礼な」

「惣目付が呼び出した段階で理由などわかっておろう。言いわけをするか、あるいは強弁するかならばまだしも、わからぬ振りをする。本当にわからぬのならば、そなたに表使など務まらぬ。さっさと辞せ。わかっていて知らぬ振りをしたというならば、惣目付を甘く見すぎじゃ」

「…………」

園部が黙った。

「まったく、つごうが悪くなると黙る」

心底あきれた顔で聡四郎が言った。

「もうよい、閉めよ」

聡四郎が遠藤湖夕に命じた。

「はっ」

遠藤湖夕が間の木戸を閉じた。

「いかがいたしましょう」

「放っておけ。そのうち向こうから申して参るわ」

尋ねてきた遠藤湖夕に聡四郎が告げた。

「組内をしっかりと締め付けておけ」

「重々に」

聡四郎の言葉に遠藤湖夕が平伏した。

御広敷伊賀者は一度、聡四郎と敵対していた。正確には隠密御用を御広敷伊賀者から奪い取って腹心の庭之者《にわのもの》へ与えようとした吉宗へであったが、先代の組頭藤川《ふじかわ》義右衛門《ぎえもん》が将軍に手向かった。

結果、聡四郎と庭之者によって策を破られた藤川義右衛門は、御広敷伊賀者から放逐《ほうちく》された。

「伊賀者に未来《さき》はなくなった。飼い犬になるをよしとせぬ者は、吾《われ》に続け」

藤川義右衛門の誘いに、御広敷伊賀者の何人かが付き従った。

その抜けた御広敷伊賀者が、聡四郎の娘紬《つむぎ》を拐《かどわ》かし、紅《あかね》を襲った。なんとか紬も紅も無事であったが、将軍の養女、猶孫《ゆうそん》を狙った暴挙に吉宗が激怒した。

「伊賀者をすべて根絶やしにする」

「なにとぞ、なにとぞ、我らに挽回《ばんかい》の機会を」

遠藤湖夕が必死に嘆願し、御広敷伊賀者も、伊賀の郷も無事であった。

とはいえ、吉宗は伊賀者を許してはいない。

「次になにかあったときは、吾が先陣を切って四谷《よつや》を廃墟とする」

四谷とは幕府伊賀者の組屋敷のことであり、本人、家族がそこで生活を営んでいた。吉宗の意志を汲んだ聡四郎が四谷を殲滅《せんめつ》すると宣言した。

「承知いたしております」

遠藤湖夕が震えあがった。

忍はそもそも奇道《きどう》でこそ、その力を発揮する。一対一、まともな勝負となれば剣術遣いが勝つ。

もちろん、そのときは聡四郎一人ではない。吉宗の指図を受けた大番組《おおばんぐみ》、先手組、庭之者も加わる。

闇夜を友とする伊賀者を通常の戦力だけで根切りすることは難しい。人数が多いほど、忍は紛れやすく、伊賀者の隠形《おんぎょう》を普通の者では見抜けない。

だが、そこに庭之者が加われば話は変わる。庭之者は伊賀の流れではないが、根《ね》来修験《ごろしゅげん》の血を引く腕利きの忍である。剣術遣いに庭之者が加われば、伊賀者に逃れる道はなかった。

「まったく、誰も彼も公方さまの恐ろしさを知らぬ」

聡四郎が嘆息した。

三

目付部屋は消沈のなかにあった。

「…………」

まだ目付になったばかりの五藤《いつふじ》がため息を吐いた。

「よさぬか、五藤」

先達《せんだつ》の目付阪崎《さかざき》左《さ》兵衛尉《ひょうえのじょう》が五藤をたしなめた。

「とは言うが……」

互いをも監察するのが目付である。そのため他の役目のように頭とか先達とかはなく、十年やっている慣れた者でも、昨日目付になった新参でも同格となっている。

「徒目付《かちめつけ》が使えぬのだぞ」

五藤が苛立《いらだ》った。

幕政のすべてを監察すると目付は豪語している。実際、大目付が担っていた大名の監察も高家《こうけ》が任じられていた殿中礼法の監督も、いつの間にか目付の管轄になっていた。とはいえ、目付は十人が定員である。多少の増減はあるが、そのていどの人数であらゆることに目が届くはずもなく、実務は配下の徒目付にさせていた。

その徒目付が目付の言うことを聞かなくなった。

「なになにを調べて参れ」

「惣目付さまのお許しを得ていただきますよう」

目付の指示に徒目付が条件を付ける。

「我らの役目は密事である」

「では、わたくしも遠慮いたしまする」

監察が何を調べているかを知られれば対応されてしまう。そう言って聡四郎との連絡を断とうとしたら、手伝いを拒む。

「きさまらに拒否はできぬ」

と言ったところで、四六時中見張っているわけではない。目を離した隙《すき》に聡四郎のもとへ庇護《ひご》を求めに行くかもしれないのだ。

そんな危なっかしい配下など使えるわけはない。

目付たちは今、自力で調べるか、あるいは手をこまねいて落ち着くのを待っているかのどちらかしかない状態であった。

「焦るな」

阪崎左兵衛尉が五藤をなだめた。

目付は旗本のなかの旗本と言われ、俊英と讃えられる。目付で手柄を立てれば、遠国奉行などを経て、勘定奉行、町奉行へと出世していく。

五百石内外の旗本にとって、目付になることは栄達の道に入ったことを意味している。

目付に選ばれたばかりの五藤が功《こう》に逸《はや》るのも当然であった。

「焦ってなどおらぬ。我らが動けぬということは、天下の悪事が見逃されるということである」

五藤が建前を口にした。

「そこまで天下のことを思うならば、一人で動けばよかろう」

離れたところから見ていた時任《ときとう》が部屋でくすぶるなと手を振った。

「一人では手が足りぬゆえ、憤っておるのじゃ。貴君はこの状況をよしとなさるのか」

五藤が時任に嚙みついた。

「他人を巻きこむな。目付は己の責任で動くものだ。拙者が動いているか、無為をむさぼっているかなど、おぬしにはかかわりない」

時任が鼻先であしらった。

「…………」

これも正論であった。

目付は同僚まで監察する。そのため今なにをしているかは、誰にも報せないのが慣例であった。

「落ち着け、五藤」

もう一度阪崎左兵衛尉が五藤をなだめた。

「……納得いかぬ」

五藤がまだ不満を口にした。

「そうまで言うならば、動けばよかろう」

阪崎左兵衛尉があきれた。

「徒目付なしでは動けぬ」

五藤が同じ理由を口にした。

「徒目付だけが配下ではないだろう」

「使いものにならぬ者どもなど、いないも同じだ」

阪崎左兵衛尉の言葉を五藤が否定した。

「一概には言えぬぞ。小人目付《こびとめつけ》、黒鍬者《くろくわもの》にも使える者はおる」

「武士でさえない、小者ではないか」

助言した阪崎左兵衛尉に、五藤が首を横に振った。

目付には徒目付以外に、小人目付、黒鍬者などが付けられていた。掃除《そうじ》の者《もの》などを含めて五役と呼ばれ、武士の身分ではなく、中間《ちゅうげん》、小者扱いされていた。

小人目付で十五俵一人扶持、黒鍬者は十二俵一人扶持と低い。合わせて四百人ほどいるが、そのなかでも三河《みかわ》以来の家柄は譜代《ふだい》といわれ、名字帯刀を黙認されていた。

「小者とはいえ、公方さまの御成《おなり》では先触《さきぶ》れを許されるのだ。それなりに武芸も遣えねば、話にもならぬ」

「ふむ」

阪崎左兵衛尉の話に、五藤が興味を持った。

「特に黒鍬者には、甲州《こうしゅう》の戦国大名武田《たけだ》家の遺臣を祖とする者どももおる。甲州の黒鍬者といえば、武田を支えた山師《やまし》であり、忍でもあったという」

「ほう、忍の末裔《まつえい》か」

五藤の目が光った。

「今も忍の技が伝わっているかどうかは知らぬがの」

「それくらいは、己で調べる」

責任は負わないと言った阪崎左兵衛尉に、五藤が応じた。

大奥表使の園部は、執務部屋として与えられた部屋で思案していた。

「倹約令に楔《くさび》を打ちこもうとしたのだが、見過ごされなかったわ」

なんでもそうだが、たった一度の抜けでも前例となる。そして役所ほど前例に弱いところはなかった。

「先日はお認めいただきました」

こう言われれば、役人は黙るしかなくなる。蟻《あり》の一穴《いっけつ》であった。やがて大奥の要求は、薪炭から季節の衣類、小間物などの贅沢品へと拡がっていく。

「……親政だというが、薪炭などの雑用品まで目を通すとは思っておらなかった。よほど将軍という仕事は暇なのだろう」

大奥を実質仕切っている表使は、多忙を極めている。厠へ行くのさえ、仕事の合間を見てとなり、己の尿意では動けなかった。

「どうするかの」

試したというのもあるが、実際薪炭は不足していた。

「風呂が温《ぬる》い」

沸かしたての風呂に入らなかった天英院が、遅れて湯に浸かって沸かし直しを要求する。

「重ね着は重くて疲れる。もっと炭を熾《おこ》しや」

月光院が寒さを我慢せず、炭を浪費する。

上が好き放題しているのだ。下が倹約令に従うはずはなかった。

「我らも」

「昨日の燃え残りの炭など使えぬ」

大奥は浪費癖を取り戻した。

「今さら、薪炭をお使いにならないようにと月光院さまにお願いするわけにもいかぬ」

園部が嘆息した。

「それくらいも手配できぬのか。役に立たぬの」

月光院の力はまだ大きい。

園部の立身は潰え、表使の職からも追われる。

男のいない大奥で、女を満足させてくれるのは贅沢だけである。衣服、小間物、食事などで満足するだけのものを購《あがな》おうとすると金が要る。

大奥出入りの商人との付き合いも深い表使には、とてつもない余得があった。

「これは上方《かみがた》から入ったばかりの生地でございまする。よろしければ帯にでもいたしましょう」

「わずかだけ江戸に届いた珊瑚《さんご》を帯留《おびど》めにいたしました。表使さまに使っていただければ幸いでございまする」

商人たちが表使にいろいろなものを持ってくる。

言うまでもなく、商人はただで商品をくれはしない。園部に贈ることで、己の商品を大奥のなかで広めたいのだ。

「園部さま、その帯は……」

「見事な珊瑚じゃの。どこで購った」

女の目はわずかな変化も見逃さない。すぐに園部の身につけていたものは話題になり、そこから贈った商人の名前が知れ渡る。

「園部さまと柄違いの生地で打ち掛けを」

「珊瑚を用意いたせ。園部が持っているものよりよいものをな」

たちまち商人のもとへ注文が殺到する。

園部に多少のものを渡しても、十二分に儲けられる。

逆に園部の機嫌を損ねれば、大奥への出入りができなくなる。表使の許可なく、商品を大奥へ持ちこむことはできないのだ。

商人たちは競って園部に貢《みつ》いだ。

表使を離れるというのは、そのすべてを失うことでもあった。

「どうするか」

園部が悩んだ。

「月光院さま、天英院さまがお求めになるだけの薪炭を用意できぬとなれば、どこからか持ってくるしかない」

なければ取ってくればいい。盗人の論理に園部が陥った。

「どこから削るか」

最下級の女中、御末《おすえ》たちに支給される薪炭は、そもそもぎりぎりであった。これ以上削れば、風寒《ふうかん》などの病が流行《はや》ることになりかねない。

「少なくなっても、文句を言わないのは……」

帳面を見ながら園部が目標を探した。

「ここところの局は、今、女中の数が足りていない。そのぶんを取りあげても問題にはならぬ。これで……」

指を折って園部が数えた。

「むうう」

それでも足りなかった。

「そうだ、竹姫さまの局は人がほとんどおらぬ。そこならば……」

竹姫の局から調達しようと考えた園部が、ふと黙った。

「……あの惣目付の顔、どこかで見た気がしていたが……」

聡四郎のことに園部が引っかかった。

「名はたしか、水城と……まさかっ」

園部が思い出した。

「あの惣目付、竹姫さま付きの御広敷用人であった男じゃ。これはいかぬ。ただちに月光院さまにお報せせねば」

急いで園部が月光院の局へと向かった。

月光院の局は、大奥でも最奥にある。大奥では偉いほど中奥から遠くなった。不便ではあるが、そもそも大奥は生涯奉公で外へ出ることがない。

「お方さまに」

園部が局の前で取次ぎを求めた。

局は大奥における屋敷であった。冠木《かぶき》門や玄関こそないが、主の居室となる上段の間、化粧の間、下段の間、三の間、女中の間、御末部屋、納戸、台所、風呂に厠などがあり、月光院や天英院ともなるとちょっとした庭まで設けられていた。

「園部か、いかがいたした」

月光院が上段の間で園部を迎えた。

「ご注進すべきことがございまする」

園部が手を突いた。

「申してみやれ」

「さきほど惣目付が妾を呼び出しましてございまする」

許しを得た園部が告げた。

「惣目付……聞いたことのない役目じゃの。目付ではないのか」

月光院が首をかしげた。

「つい先日、表より通達がございました」

園部が惣目付が新設されたことを月光院へ伝えた。

「なんじゃ、その傲慢《ごうまん》なものは」

大奥であろうとも自在に監察できるという惣目付の権能に、月光院が不快を示した。

「公方さまの御諚でございまする」

「あの紀州の山猿め」

月光院が吐き捨てた。

惣目付でなくとも、目付でも大奥は監察できた。かつて月光院付きの女中であった絵島《えじま》が代参のおり、芝居小屋で遊興をして門限に遅れたことがあった。このときは目付が絵島を取り調べていた。

「お方さま、さらに……」

憤懣《ふんまん》やるかたない月光院に、園部がまだ先があると告げた。

「言え」

月光院が促した。

「その惣目付に選ばれました者が、あの水城でございまする」

「水城だとっ」

名前を耳にした月光院が目を剝いた。

「竹の世話役であった水城か」

「はい。今は右衛門大尉に任じられておるようでございまする」

「分不相応な」

いっそう月光院が嫌そうに頰をゆがめた。

「で、その水城が何用だと申したのだ。竹のことならば、もうなにもしておらぬぞ」

月光院が吉宗の怒りに触れるまねはしていないと言った。

「それが、何用で呼び出したのかと尋ねた途端、もうよいと」

「なんじゃ、それは」

園部の話に、月光院が怪訝な顔をした。

「なにがしたかったのじゃ、水城は」

「…………」

月光院が周囲の女中たちに目をやったが、誰もが困惑していた。

「そなたに思い当たるところはないのか」

「ございまする」

訊かれた園部が首肯《しゆこう》した。

「なにをいたした」

聡四郎には痛い目を見せられている。月光院の声が低くなった。

「先日、こちらの局《つぼね》どのから薪炭の追加支給を求める書付が参りました」

園部が話し始めた。

ややこしい役名であるが、局とは月光院や天英院などの局を差配する者のことを指し、局に不足したものの手配、掃除や風呂の用意などを御末に命じるなど、武家の用人に似た仕事をおこなう。

「おそらく、それを公方さまが却下なされたのではないかと」

「炭をくれと言うのが、なぜ公方の気に障る」

言われて月光院が戸惑った。

「倹約令に反しておるからでございまする」

「たかが炭ではないか。どれほどのものだと……それを公方ともあろう者が、一々目通ししていると言うのか」

月光院が驚愕した。

「おそらく」

園部が首を縦に振った。

「そのていどのことで惣目付が……」

月光院付きの中臈が絶句した。

「いかがいたしましょう」

「炭がないと困る」

尋ねられた月光院が首を横に振ったが、倹約するとも、もう一度願いを出せとも言わず、対応を園部に預けた。

「お叱りを覚悟でもう一度願いましょうや」

「そうしてくれるか」

責任を園部に押しつけることができたと月光院が安堵した。

「ですが、どなたからの求めであるかを記さねば、勘定方が通しませぬ」

「妾の名前が要ると」

「はい」

園部がしっかりと告げた。

「それは嫌じゃ」

「………………」

幼女のようにそっぽを向いた月光院に、園部が黙った。

「ですが……」

「妾は知らぬ」

言いつのろうとした園部を月光院が遮《さえぎ》った。

「園部どの」

中臈が割って入った。

「お方さまは炭をご所望《しょもう》でございまする。それがどこの炭でもかまいませぬ。炭に名前が書いてあるわけではございませぬ」

「では、炭をお買い求めになられては」

支給ではなく、自費で購入してはいかがかと園部が助言した。

倹約を命じられてはいるが、自前で食料や季節の衣服などを購入するのは止められていない。ただ、絹物や季節外れの食材などは見つかれば、叱責《しっせき》されたり、取りあげられたりはするが、罪に問われることはなかった。

「妾は将軍生母であるぞ。大奥の主じゃ。大奥のすべては妾のものと言ってよい。その妾が不自由するなどあり得ぬ。妾が欲しいと言えば、すぐに届くのが当然であろうが」

月光院がごねた。

大奥は将軍の私《わたくし》である。春日局によって作られた大奥は、代々の御台所を頂点として、裏から表を操っていた。

大奥がそれだけの力を持てたのは、将軍の血統を握っていたからであった。

将軍の子供は大奥で生まれる。そして元服《げんぷく》するまで大奥で生活を送る。つまり大奥につごうのよい教育ができる。

また将軍が男としての性を発散できるのも大奥だけなのだ。御台所を始め、側室たちも大奥で将軍を待つ。そして、大奥では将軍だけが男であった。

男一人に女数百、これでは将軍といえども逆らえない。しかも相手は己が気に入った女なのだ。

「何卒」

「お願いを申しまする」

女に甘えられると男は弱い。さらにその女との間にできた子供は、そちらの手のなかにある。しかも己もそうやって育ってきたとなれば、将軍は大奥の言いなりになる。

そのいい例が先代将軍家継であった。六代将軍家宣の一人息子だった家継は、物心つく前に大奥へ入り、五歳で将軍となった。

生まれも育ちも大奥という家継は典型的な将軍であった。

「母と越前守のよきに」

家宣の側室だった月光院と傅役間部越前守詮房の言いなりとなった家継は、まったく将軍としての職務を果たさなかった。

それどころか幼い家継を補佐するという意味で、間部越前守は大奥へ入り浸った。

「越前……」

大奥にいる男は間部越前守だけなのだ。月光院はすぐに間部越前守と男女の仲になった。

「越前は、父上のようじゃ」

母の月光院と親しく触れあう間部越前守を家継がそう表現したほど、二人の仲は深くなった。

当然、間部越前守は月光院の要求を無制限に呑む。

「越前こそ、公方さまの側近である」

月光院はそう公言して、もと能《のう》役者で家宣の引き立てで出世しただけで支えてくれる者のいない間部越前守の後押しをする。

そのとき大奥には先代将軍家宣の御台所天英院もいたが、将軍生母と間部越前守には敵わない。

大奥の主は将軍御台所であったが、まだ幼児の家継に正室はおらず、天英院は先代の御台所でしかない。

結果として、月光院が大奥の主に近い力を持った。

そのときのことを月光院は忘れられなかった。

だが、家継が若くして死んだ。八歳という幼さで亡くなった家継には当然子供などいない。幕府は八代将軍として紀州藩主徳川吉宗を選び、大奥は新たな男を得た。

これで吉宗に御台所がいればよかったが、すでに死去していたために大奥は主なしを続けることになった。

「主の座を取り戻す好機である」

「渡してなるものか」

天英院と月光院が大奥の主の座を巡って争った。

そこに吉宗はつけこみ、大奥にも倹約を押しつけた。

「大奥は別でございまする」

「代々の公方さまは大奥を庇護してくださいました」

一枚岩だったら大奥は吉宗に抵抗できた。だが、割れていたことで抵抗に失敗、大奥も倹約を強いられた。

そして竹姫が吉宗の継室となれなかったこともあり、まだ大奥には御台所がいない。

月光院がわがままを言えるのも、これによった。

「のう、園部。妾はそなたを買っておる。いずれは表使から、中年寄《ちゅうどしより》、年寄へとの」

「年寄に……」

餌をぶら下げられた園部が息を呑んだ。

いかに表使が金になるとはいえ、身分は低い。旗本の娘でなければ表使にはなれないが、実家を引きあげられるほどの力はなかった。

しかし、大奥における老中ともいうべき年寄ともなれば、表に干渉して実家を引きあげることができるようになる。

生涯奉公で嫁にいくことも婿を迎えることもできないが、歳老いたときは病を理由に大奥から下がることができる。そのとき、実家に機嫌よく迎えてもらうためには、なにかしらの引き立てをしておかなければならない。

それができなければ、実家で肩身の狭い思いをし、食べたいものも食べられず、着物などは取りあげられて、質素な生活を覚悟することになる。

「どうじゃ、園部。妾の期待はまちがっておるかの」

「いえ、きっとお方さまのご期待に応えましょう」

小首をかしげた月光院に、園部が強くうなずいた。

「そうか、頼もしいのう。預けたぞえ」

月光院が園部に下がれと手を振った。

「……はい」

月光院の局を出た園部が、呟いた。

「公方さまも竹姫さまのお願いならば、お認めになられよう。あとは、竹姫さまのところから少し回していただけばよい。よし」

園部が表使部屋へと足を速めた。

第三章　各所蠢動《しゅんどう》

一

藤川義右衛門は名古屋に拠点を移した。

「まずは人を集めねばならぬ」

城下の外れ、橘町《たちばなちょう》裏の無住《むじゅう》寺《じ》を仮の住まいとした藤川義右衛門は唯一残った腹心の鞘蔵《さやぞう》を相手に今後の計画を立てていた。

「郷《さと》に声をかけましょうや」

鞘蔵が伊賀の郷で募集をかければいいのではないかと提案した。

「いや、郷はもう頼りになるまい」

藤川義右衛門が首を横に振った。

伊賀の郷は、江戸の伊賀組との交流を持ち続けていた。江戸の伊賀組の子供たちが、伊賀の郷にて忍の技を修練するのだ。なかには伊賀の郷の女を連れて江戸へ戻った者や、そのまま伊賀の郷に残った家を継げない次男、三男もあり、親戚づきあいしている家もあった。

だが、それが裏目に出た。

伊賀の郷忍として、聡四郎と大宮玄馬を討ち果たそうとした結果、手痛い返り討ちに遭い、郷でも指折りの腕利きを失う羽目になった。

「躬《み》に刃向かうも同義じゃ」

聡四郎への手出しを怒った吉宗に、

「幕軍を差し向けて、郷を根絶やしにしてくれる」

脅しをかけられた伊賀の郷は、全面降伏した。

「不満を抱いておる者もおりましょう」

「おるだろうが、郷を人質に取られているようなものだぞ。一人でも抜ければ、郷が滅ぼされる。それで己のためだけに郷を捨てられるか」

「…………」

述べた藤川義右衛門に鞘蔵が黙った。

己一人が抜けたことで、父母、兄弟姉妹が死ぬ。そうとわかっていて勝手な行動に出られる者は少ない。

「伊賀はあきらめろ」

「……伊賀は」

藤川義右衛門の言葉に鞘蔵が引っかかった。

「忍は伊賀だけではない」

「甲賀《こうが》でございますか」

鞘蔵が目を剝いた。

伊賀と甲賀は山を一つ隔てているだけで、隣接していた。とはいえ、伊賀が伊賀国の藤堂《とうどう》藩領であるのに対し、甲賀は近江国の水口《みなくち》藩領であった。

戦国時代は甲賀は近江の覇者であった六角《ろっかく》家に属しており、どこにも膝を屈せず独自に生き抜いてきた伊賀とは、色合いも考えも違った。

「交流などございませぬ」

鞘蔵が困惑した。

「作ればいい。甲賀だけではない。根来も木曾《きそ》もある」

藤川義右衛門が忍集団の名前をあげた。

「無茶な。甲賀はまだしも、根来は吉宗の古巣紀州家の忍、木曾は御三家尾張《おわり》徳川家のお抱え、とても我らに与《くみ》するとは思えませぬ」

とんでもないと鞘蔵が首を左右に振った。

「そうか。根来こそ口説きやすいと思っておる」

口の端を藤川義右衛門が吊りあげて、続けた。

「吉宗に従って江戸へ出た庭之者と残された根来衆。江戸に連れていかれた者は旗本になり、残された者は陪臣、それも足軽《あしがる》以下の根来者」

「……なるほど」

鞘蔵が感心した。

「さらに言うとな、根来衆を味方にできれば、庭之者の技を知れる。それは吉宗を襲うおり、おおいなる手助けになるはずだ」

「さすがは頭領どの」

藤川義右衛門に鞘蔵が尊敬の眼差しを向けた。

「……気づいておるな」

「言うに及ばず」

声を潜めた藤川義右衛門に鞘蔵も応じた。

「何人だと思う」

「二人かと」

「うむ。一致じゃ」

藤川義右衛門がうなずいた。

「尾張家の忍でございましょうな」

「御土居下組《おどいしたぐみ》であろう」

鞘蔵の推測を藤川義右衛門が認めた。

御土居下組とは尾張徳川家に付けられた忍であった。名古屋城三の丸北に設けられた抜け道を警固《けいご》し、城に万一があったときは藩主を警固して木曾へ落とす役目を帯びていた。

「御土居下組は誘えませぬか。待遇に不満があれば……」

「たしかに御土居下組は七石二人扶持で足軽身分だが、士分として扱われ、藩士との通婚も認められている」

「それは」

鞘蔵が驚いた。

忍は戦場で槍を振るうことはなく、闇に潜んで探索や火付けなどをおこなうことから、武士たちから卑怯者として嫌われてきた。

それどころか、暗闇で人知れず動く忍は化けものと呼ばれ忌避《きひ》されてきた。

その忍と藩士の通婚を認める。これは、忍の血を藩内に拡げるにひとしい。

「人外化生《じんがいけしょう》」

「人扱いされているとなれば、難しゅうございますな」

鞘蔵があきらめた。

「ああ。あやつらを配下にはできぬ。ただし、仲間にはできる」

「どのように」

言った藤川義右衛門に鞘蔵が訊いた。

「尾張と吉宗を突き合わせればいい。仲間にはできずとも、共闘、あるいは利用しよう」

「…………」

にやりと笑った藤川義右衛門に鞘蔵が絶句した。

「尾張には八代将軍の候補から降ろされた恨みがある」

「あれは先々代さま、先代さまと続けて不幸があったからでございましょう」

鞘蔵が困難ではないかと述べた。

「先代はまだ幼児であったからの。死んでも不思議ではなかった」

父で尾張藩四代当主吉通《よしみち》が急死したことを受け、嫡男五郎太《ごろうた》が五代藩主を継いだが、わずかに三歳であった。

もともと身体があまり強くなかったというのもあるが、父の葬儀、家督相続、将軍御目見得と成人していても緊張する行事が続き、無理を重ねたことが原因の一つであることはまちがいなかった。

「藩祖の夢叶《かな》わず」

尾張藩全部とは言わないが、そのほとんどが嘆いた。いかに初代尾張義直《よしなお》がどうにかして将軍になりたいと望み、兄秀忠《ひでただ》の死に乗じようとするほどであったとしても、藩を潰すことはできない。

二代の葬儀、二回の家督相続祝い、その負担は御三家筆頭の尾張家をも揺るがした。たしかに家継の死は好機であったが、御三家筆頭だからといって将軍職が転りこんでくるものではない。

「やはり尾張さまに」

「長幼《ちょうよう》の序《じょ》にしたがうべきでございましょう」

幕府を実質牛耳《ぎゅうじ》っている老中たちにこう言わせるには、言わせるだけのものがいる。

「よしなに」

「お力添えを願いたく」

相手に動いてもいいと思わせるだけのものを包まなければならなかった。

だが、それを払うだけの余力が、尾張家から消えた。

結果、将軍の座は公子としての扱いさえも受けていなかった紀州徳川吉宗のものとなった。

「円覚院《えんかくいん》さまさえご存命であれば……」

吉通の死に尾張の誰もが無念を抱えていた。

「一度噂になったろう」

「あいにく」

問うた藤川義右衛門に鞘蔵が申しわけなさそうな顔をした。

「忍は噂に強くなければならぬ。どのような小さなものでも吟味し、いつでも世情を操れるように用意する。噂が使えて一人前ぞ」

藤川義右衛門が注意した。

「心いたしまする」

素直に鞘蔵が首肯した。

「噂とは吉通を吉宗が殺させたというものだ」

「…………」

鞘蔵が目を剝いた。

「というのも、吉通の死にかたがあまりにおかしかったからじゃ。吉通は実母と夕餉をともにした後屋敷に帰り、そこでもがき苦しんで死んだ」

「医者はなんと」

毒殺であれば医者が気づく。鞘蔵が当然の疑問を口にした。

「呼ばれておらぬ」

「えっ……」

首を左右に振った藤川義右衛門に鞘蔵が間の抜けた顔をした。

「なぜ……」

藤川義右衛門が嘘を吐く理由はない、啞然としながらも鞘蔵が尋ねた。

「吉通を寵臣《ちょうしん》と愛妾《あいしょう》が囲んで、他の者を近づけなかったらしい」

「そのようなことができるはずは……」

藩主公の調子が悪いというのに、医者さえ呼ばせないというのはありえなかった。

藩主に万一あれば、尾張藩といえども無事ではすまないのだ。

「奥に運びこまれてしまえば、藩士たちは手出しができぬ」

大奥ほど厳重ではないが、大名の屋敷も表と奥に分かれており、男は奥に入れないというのは同じであった。

「寵臣も男でございましょう」

鞘蔵が当然の疑問を述べた。

「寵臣と愛妾は兄妹であったのよ」

「それでもよろしくございますまい」

妹にとって兄でも、他の奥の女にすればただの男である。鞘蔵がおかしいと思うのは当然であった。

「間部越前守を思い出せ」

藤川義右衛門が言った。

「……許しが出ていた」

間部越前守が大奥へ自在に出入りできたのは、家継の許可があったからであった。

「それもある。なによりも女がそれを望んだ」

「月光院と同じ……まさか、兄妹で……」

「じつの兄妹ではなかったのだ」

顔色を変えた鞘蔵に藤川義右衛門が教えた。

「吉通の死にかたがおかしいということで、伊賀組に探索御用が命じられた」

八代将軍として吉宗が江戸城に入るまで、幕府の隠密は御広敷伊賀者が務めていた。そして御広敷伊賀者は老中の支配下にあった。

「守崎頼母《もりさきたのも》という男のことはよくわからぬ。名古屋で芝居興行をしていたとも、京の浪人であったとも言われている。その守崎頼母と吉通がどこで知り合ったかもわかっておらぬ。ただ、守崎頼母が妹だとして連れてきた女がとてつもない美形であったらしく、一目で吉通が気に入り、愛妾としたようだ」

「女に目が眩《くら》んだ……」

「その結果が吾が身に返ってきた。自業自得《じごうじとく》だが、それで納得できない者は多い。吉通のせいで将軍争いから脱落しなければならなくなった。かといって主君を誹《そし》るわけにもいくまい。となれば……」

「吉宗のせいにすると」

鞘蔵が理解した。

「江戸ならばまだ吉宗のことを知る機会もあろうが、名古屋にいては噂しか届くまい。それを利用して、御土居下組と手を結べば……」

「噂を使えとはそういうことでございましたか」

藤川義右衛門の考えに、鞘蔵が感嘆した。

「こちらが御土居下組に匹敵するだけの力を持つのが先だが、その後は任せてよいな」

「頭領は」

指示した藤川義右衛門に鞘蔵が問うた。

「吾は紀州へ行ってこよう」

藤川義右衛門が告げた。

二

翌日、金の工面を頼んだ聡四郎は、紅にあきれられていた。

「あなたが当主なんだから金を出せ、でいいのよ」

娘紬を奪い返して以降、紅の言葉遣いは夫婦となる前のものに戻っていた。

「金を出せでは、強盗《ごうとう》のようではないか」

聡四郎が嘆息した。

「財布は女が握っておくにこしたことはないけど、水城家のものはすべてあなたのものなんだからね」

「そうだな」

言われた聡四郎が同意した。

「お城勤めもたいへんよね」

紅が小判五枚を奉書紙《ほうしょがみ》に包んだ。

「三両でよいのだが」

「相手が思うより多めに出せば、そのぶん融通は利くわよ。このていどなら当たり前と思われるのと、こんなにと思わせるのは大いに違うんだから」

江戸城出入りの口入れ屋相模屋の一人娘として、人足たちを使っていた紅はこういった気遣いに詳しい。

「そうか。ならばそのようにいたそう」

聡四郎は金を受け取った。

「お役目はどう」

「楽なお役というのはなかったが、今回がもっとも厳しい」

紅に問われて聡四郎が答えた。

「公方さまは人使いが荒いから。いえ、あなた使いが荒い」

養女だけに紅は吉宗へ厳しい。

「ご信任の証《あかし》じゃ」

「使い減りしないと思っているだけのような気がするわ」

「紅」

さすがにまずいと聡四郎がたしなめた。

「このくらいのことで怒るほど、公方さまはお心の狭いお方ではないわよ」

「むう」

うまい言い逃れに聡四郎が詰まった。これ以上こだわると、聡四郎が吉宗のことを狭量だと思っているように取られかねない。

「とにかく、無理はしないこと」

「わかっている」

「なに言ってるのかしらねえ。わかってないから念を押したんだけど」

紅がじろりと聡四郎を睨んだ。

「袖さん、あなたも玄馬さんに釘を刺しておきなさいよ」

部屋の隅で控えている袖に紅が話を振った。

「はい。玄馬どのも無茶をなさいますので」

袖がうなずいた。

「ほんと、男って馬鹿だから」

「まことに」

女二人が手を組んだ。

「玄馬、出かけるぞ」

さっさと逃げだそうと、聡四郎は登城すると告げた。

「お供は誰に」

「山路《やまじ》と新谷《しんたに》と猪太《いのた》がよいの」

惣目付ともなると、その権威を示さなければならない。今までのように大宮玄馬だけを連れてというわけにはいかない。

「そのように」

大宮玄馬が立ちあがった。

役人の登城時刻はおおむね五つ（午前八時ごろ）過ぎとなっている。多忙を極める勘定方や、いなければ書付が回らない奥右筆などはさらに一刻《いつとき》（約二時間）から半刻（約一時間）早いが、その他はよく似た頃合いに江戸城へ向かう。

当然、江戸城へ向かう道のりは混雑する。

加賀《かが》藩前田《まえだ》家の上屋敷に近い本郷御弓町《ほんごうおゆみちよう》の水城家から江戸城までも、行列で埋まっていた。

「そうか、今日は十五日か」

人の多さで聡四郎が、本日が総登城の日だと気づいた。

毎月朔日《ついたち》、十五日、二十八日を月次《つきなみ》といい、在府している大名はお城へあがって、将軍の謁見《えつけん》を受けなければならない。

「そこ、しばし待て」

少し歩いた辻で行列の一つが足留めをされていた。

「殿、あれは」

「黒鍬者だな」

辻の中央でかち合いそうな行列を差配している男を見た山路兵弥《ひようや》の質問に、聡四郎が告げた。

黒鍬者は普段江戸の辻の整備を担当している。雨水がたまるところに土を入れたり、穴が空いていたら埋めたり、馬糞が落ちていれば拾ったりもする。ただ、登城、下城時刻には別の役目があった。

行き交う大名行列を家格、当主の役歴などで見分け、どこの家を優先し、どの大名を待たせるかの差配をおこなうのだ。

「こっちが先じゃ」

「引くでないぞ」

これは幕初、大名たちが少しでも早く進みたいと争ったことによった。

まだ戦国の気風が色濃く残り、大名たちはその武を誇っていた。それこそ城への一番乗りを競うような状況となって、ぶつかった大名行列同士でどちらが先に進むかという争いが起こった。

「後塵《こうじん》を拝するがよいわ」

「おのれっ」

勝った大名と負けた大名の間で遺恨《いこん》になり、家臣同士が刀を抜いて斬り合うという事態まで引き起こした。

「なんとかいたせ」

将軍の城下町で大名が騒動を起こす。幕府の名誉にもかかわりかねないが、天下を揺るがすほどのことではない。

老中たちは江戸の城下の安寧《あんねい》も役目に入っている目付へ命じた。

「十人しかおらぬのに、江戸中の辻など見張れるか」

目付たちも困惑し、

「江戸の辻といえば、黒鍬者が詳しいはず」

目付はあっさりと配下に面倒ごとを押しつけた。

「我らの代行である」

黒鍬者は武士でなく中間、小者である。そんな黒鍬者の指図など陪臣とはいえ武士が聞くはずはない。目付は黒鍬者に役目を預けたとして、逆らった大名たちを咎めると宣した。

「お指図通りに」

大名たちも目付を相手にする気はなかった。

こうして江戸城下の通行事情は改善された。

「なるほど、槍で家を見分けているのか」

聡四郎は、黒鍬者がどうやって行列がどこの大名家のものか見分けているのかを読み取った。

大名行列は駕籠《かご》を中心としている。家紋入りの駕籠ではあるが、警固の藩士に遮られてなかなか見えないし、本家、分家などで同じ家紋を使ったり、小さな違いしかないこともある。はっきり見えるまで待っていると、止めるか進ませるかの判断が遅れて混乱を招く。

それに比して槍は行列の先頭で高々と掲げられ、遠くからでもよく見える。そして槍の鞘《さや》、柄は大名によって、色や形、飾りなどが違っている。

「二百六十余家あるとされている大名の槍をすべて記憶しているというのか」

黒鍬者のすさまじさに聡四郎は驚いた。

「かなり遣う。わかるか権五郎《けんごろう》」

聡四郎と同じく驚いたのが山路兵弥であった。山路兵弥が囁くようにして、隣にいた新谷に問うた。

「わかりまする」

若い家士の新谷権五郎が首肯した。

新谷権五郎は聡四郎が御広敷伊賀者の次男以下から選んで抱えた足軽の一人であった。

「二人欲しい」

聡四郎は二人雇い入れるつもりだったが、まだ一人は決まっていない。

「ご推挙するには、それだけの腕がないと伊賀組の恥となる」

吾も吾もと家督を継げない者が集まったのを遠藤湖夕が抑えこみ、選定している最中であった。

「なにか」

黒鍬者がこちらに気づいて詰問してきた。

「惣目付水城右衛門大尉である。登城の途中、止められたゆえ不審を持って見た」

「……惣目付さま」

聡四郎の苦情に黒鍬者が息を呑んだ。

月次登城は月に三度、他にも徳川家の慶事、武家諸法度《しょはっと》の改正、追加などで総登城は命じられる。聡四郎もその日の混雑振りはよく知っていたが、今まではかかわりのない行事であった。だが、惣目付は幕府のすべてを監察するという役目を担っている。聡四郎はいつもと違った目で総登城を見、黒鍬者の態度にも興味を持った。

「どうぞ、お通りを」

幕府役人は黒鍬者の制止を受けない。黒鍬者が通ってくれと頭を垂れて願った。

「うむ。お役目、大儀《たいぎ》である」

聡四郎は鷹揚《おうよう》にうなずいて、大名行列がひしめいている辻を通過した。

「……あれが惣目付か」

黒鍬者が目を険しいものにした。

「あの腰の落ち着き、足運びの確かさ、かなり遣う」

ちらりと聡四郎の背中を見て、黒鍬者が呟いた。

「いや、惣目付よりもあの従者どもだ。どれもただ者ではないではないか。あれを抜くのは困難だ」

黒鍬者が小さく首を横に振った。

「まだでござるか」

待たされている行列の供頭《ともがしら》が急《せ》かした。

「よろしかろう」

ちらと四方に目をやり、声をかけてきた大名よりも優先すべき相手が近づいていないことを確認した黒鍬者が手を振った。

大名、役人の登城が終わる四つ（午前十時ごろ）を過ぎると江戸の城下は、喧噪《けんそう》から平常へと戻る。

本郷で行列の差配をしていた黒鍬者も一仕事を終えて組屋敷へと戻った。

「ご苦労であった」

組頭が黒鍬者を迎えた。

「会ったぞ」

履いていた足半《あしなか》を脱ぎながら黒鍬者が告げた。

「会った……誰にだ」

「惣目付水城右衛門大尉さま」

問うた組頭に黒鍬者が答えた。

「まことか、蓑佐《みのすけ》」

組頭が目を大きくした。

「ああ」

腿から下の埃《ほこり》を払いながら、蓑佐と呼ばれた黒鍬者がうなずいた。

中間、小者扱いの黒鍬者は袴を許されていないため、毛ずねをさらしている。江戸の乾燥した空気に舞った砂が足に付く。このまま長屋にあがると家中が砂まみれになる。役目から帰った後は、念入りに足の汚れを取るのが黒鍬者の習慣であった。

「どうであった」

「……本気で遣り合う気か、組頭」

蓑佐が手拭いを置いて、組頭を見つめた。

「お目付さまのご命ぞ」

組頭がしかたないだろうと返した。

「数が要る」

「一の組を代表する腕利きと呼ばれるおまえでもか」

目をそらした蓑佐に組頭が啞然とした。

「供に忍がいた」

「忍が……。水城は旗本だぞ」

組頭が驚愕した。

武士が忍を嫌うなか、もっともその気配の強いのが旗本であった。

「天下の旗本、武士のなかの武士」

旗本の矜持《きようじ》の高さは異常であった。代々徳川家へ仕えてきたのに禄は少なく、関ケ原《せきがはら》から徳川に膝を屈した外様《とざま》大名が数万石というのが不満なのだ。その不満が矜持に形を変えている。

その旗本が忍を家臣として抱えているというのはあり得ない話であった。

「まちがいない。あの目配り、雲を踏むような足の動き。あれは忍独特のものだ。それもかなりの腕利き。それが二人もいた」

「……何人いれば抑えられる」

感心する蓑佐に組頭が訊いた。

「こっちの被害を覚悟のうえだというならば、五人」

「ご、五人だと」

「しかも、それは忍を抑えるだけ。惣目付を襲うとなれば、さらに五人は要る」

「馬鹿を言うな。合わせて十人もいるわけなかろう。忍への対応はまだわかるが、たかだか旗本一人を倒すくらいなら一人で十分なはずだ」

両方の指を広げて見せた蓑佐に組頭が大声を出した。

「一度見ればわかる。あれはその辺の旗本ではない。剣術遣いと言われたほうがまだ納得できる。それに惣目付の後ろに控えていた従者がいかん。あれは化けものだ」

蓑佐が首を何度も横に振った。

「……噂は真だったのか」

組頭が唖然とした。

「噂……なんだ」

「御広敷伊賀組の騒動は聞いているだろう」

「組頭が放逐されたということくらいだが」

「御船蔵《おふなぐら》近くで爆発があったのは」

「それは知っている。三組が崩れた家の片付けに駆り出されたからの」

確かめた組頭へ蓑佐が告げた。

「そのどちらにも惣目付がかかわっているという」

「爆発はつい先日だからわかるが、伊賀組の話はちょっと前だぞ。惣目付はまだなかったはずだ」

組頭の言葉に蓑佐が首をかしげた。

「惣目付の前職に御広敷用人があると昨日説明しただろうが」

「すまん。聞いてなかった」

悪気を見せずに蓑佐が応じた。

「こやつは……そのようなことだから、いつまで経っても出世せぬのだ。ちゃんと頭を使え。さすればおまえに勝てる者は一の組におらぬのだ。次の組頭になれる」

「………」

組頭にあきれられた蓑佐が黙った。

黒鍬者は小者以上中間以下の扱いで禄も十二俵一人扶持と少ないが、組頭になれば役料として百俵給付され、城中台所前廊下に席を与えられた。

「百俵は魅力だが、城へあがるのは面倒だ」

蓑佐がため息を吐いた。

「未来を見据えておけよ。今のままでは嫁ももらえまい」

「……うっ」

痛いところを突かれた蓑佐がうめいた。

十二俵一人扶持は年にして十七俵の現物支給になる。徳川家の場合一俵は、家禄一石に等しいとされ、十七石取りと同じ収入になった。四公六民の旗本、御家人と同じ割合になるため、一石といっても実際は四斗であり、十七俵だと六石と八斗、さらに精米で一割目減りするため、一年に六石ほど、金に直して六両にしかならない。

組屋敷があるため家賃は要らないが、それでも六石は厳しい。自家消費分の米をひけば、手取りは四両内外まで減った。

四両ではとても家族を養ってはいけなかった。

黒鍬者は世襲できる譜代と一代抱えという世襲できないものに分かれていた。蓑佐は代々黒鍬者を務める三河以来の譜代であった。

「お城にあがったところで、なにも変わらぬ。台所前廊下なんぞ誰も来ない。一日座っているだけでいい。それも組頭交代でだ。五日に一日、それくらいならば耐えられよう」

「五日に一日か」

蓑佐が真剣に考え出した。

「おまえがその気になったなら、娘を嫁にやってもよい」

「本気か、組頭」

組頭の発言に蓑佐が食いついた。

「偽りではない。このたびのお目付さまからのお役目を果たせば、推挙してくれよう。ただし、次は吾が息子に譲ってもらうが」

黒鍬者の組頭になるには目付による推挙以外にも方法はあるが、それが確実であった。

「よし」

蓑佐がぐっと拳に力を入れた。

三

園部は竹姫の名前で薪炭の追加を申し出た。

「竹姫さまのお望みならば」

勘定方が吉宗へ忖度《そんたく》して、それを認めた。

「竹姫さまお求めの炭でございまする」

「通れ」

大奥出入りの薪炭屋が炭俵を持って七《なな》つ口《ぐち》に現れ、七つ口を警固する御広敷番頭もすんなりと納品を認めた。

「表使さま、炭が大崎屋《おおさきや》から届けられましてございまする」

薪炭屋は七つ口からなかへ入れない。荷は七つ口に詰めている御末たちによって運ばれることになる。当番の御末が炭をどこへ持っていけばいいかを訊きに来た。

「月光院さまのお局の前にの。連絡はしておく」

園部が指示を出した。

「思惑の通りじゃ」

一度拒否された願いが竹姫の名前だけで通った。

「これからもこの手が使える」

園部がほくそ笑んだ。

しかし、ものを買えば金を払わなければならない。

勘定方が大崎屋への支払いをするための出金の手配は、勘定吟味役によって制された。

「諸事倹約のはずである」

勘定吟味役は金蔵を開閉する権を有する。勘定吟味役の許可がなければ、老中といえども金蔵の扉を開けることはできなかった。

「竹姫さまの……」

「どなたのものであろうともかかわりなし」

勘定方が竹姫の名前を出して、勘定吟味役を説得しようとしたが拒まれた。

吉宗が倹約を言い出す前の勘定吟味役は、御目見得《おめみえ》以下の御家人が何十年と勘定方で勤めたうえ、その実力と清廉《せいれん》潔白さを認められて任じられる役目で、御目見得以上へと格上げされる。御目見得以下か以上かという差は大きい。家督を相続した息子の初役が御目見得以下で持ち高勤めの支配勘定ではなく、御目見得以上百五十俵高の勘定になる。わずか一つの違いだが、ここに大きな差があった。

支配勘定から勘定への出世は御目見得以上にはなるが一代限りで、息子には適用されない。息子は支配勘定から始めることになる。

だが、代々御目見得以上であれば勘定からとなり、その後の功績次第では勘定組頭から勘定奉行までありえる。

百俵前後だった御家人が息子の代に三千石の勘定奉行まであがれるようになるのだ。勘定吟味役はまさに憧れであり、この座に就いた以上なんとかして引退まで勤めあげたい。

「不埒《ふらち》なり」

「許しがたし」

勘定吟味役の最中に罷免《ひめん》される者もいる。賄賂を受け取って横領や無許可での出金を認めたなどであるが、役目柄決して許されるものではなく、よくて罷免、減禄、悪ければ改易になる。なんとか家をつなげても、勘定吟味役という金の番人の罪は重く、二度とその家から勘定方が出ることはない。

かつて荻原近江守重秀《おぎわらおうみのかみしげひで》が勘定方を牛耳っていたときは、勘定吟味役もその顔色を窺《うかが》う者ばかりで、かなり悪質なこともしていた。それも吉宗が将軍となってからは一切なくなった。吉宗の苛烈《かれつ》さは勘定方さえも震えあがらせたのだ。

「では、この代金はどういたせば」

勘定方が困惑した。

大奥で使う炭だけに、品質もよく値段も高い。また、量もかなりになる。とても勘定方が自腹で払えるものではなかった。

「公方さまのお許しをいただいて参れ」

幕府の金は将軍の金である。

吉宗が認めれば、路傍の石に千両払っても問題にはならない。

「そういたしましょう」

勘定方が同意した。

「……ほう」

翌日、吉宗のもとに問題の書付が持ちこまれた。

「竹が炭を欲しがったか」

吉宗の頰が引きつった。

「右衛門大尉を、いや、躬が行く」

御休息の間を出た吉宗は、梅の間へと向かった。

「聡四郎」

吉宗が断りもなく、襖を開いた。

「公方さまっ」

下座にいた太田彦左衛門が跳びあがった。

「急ぎじゃ。気にするな」

平蜘蛛のように蹲《つくば》う太田彦左衛門へ吉宗が手を振った。

「いかがなさいました」

梅の間の上座を吉宗に譲って聡四郎が尋ねた。

「ふん」

不満を鼻に乗せて、吉宗が書付を聡四郎に投げた。

「拝見いたしまする」

許可を得たと考えた聡四郎は書付を読んだ。

「……ふう」

聡四郎がため息を吐いた。

「ここまで愚かとは思わなかったわ」

吉宗が吐き捨てた。

「竹が躬のやることに逆らうはずないわ。それを竹の名前を出せば通るなどと浅はかなまねをいたして」

「まことに」

長く竹姫付きの御広敷用人をしたのだ。聡四郎は竹姫が遠慮深いことをよく知っていた。

「炭をねだるくらいならば、今ある衣服をすべて重ね着するのが竹じゃ」

「はい」

吉宗の言葉に聡四郎も同意した。

「大奥へは行ったのだろう」

「参りました。用件はなんだと呼び出した表使が申しましたので、そのまま踵《きびす》を返しましてございまする」

たしかめた吉宗に聡四郎が告げた。

「皮肉なまねをすることよ。そなたもずいぶんと人が悪くなったの」

「お考えに沿うたまででございまする」

「言いおる」

聡四郎の返しに吉宗が笑った。

「で、どうするつもりじゃ」

「ただちに、大奥へ。竹姫さまの局へ臨検に入りまする」

「炭探しか」

吉宗が口の端を吊りあげた。

「大奥の品はすべて表使が差配するのであったの」

「さようでございまする」

聡四郎がうなずいた。

「竹の局になければ……」

「表使が私《わたくし》したとなりましょう」

楽しそうな吉宗に聡四郎が応じた。

「将軍養女のものを横領したとなると罪は重いの」

「裁決は公方さまのお下しになることでございまする」

歯を見せて嗤《わら》う吉宗に聡四郎が頭を下げた。

「とりあえず、実家に帰せ」

「承知いたしましてございまする」

「……っ」

聡四郎が首肯し、太田彦左衛門が平伏したままで息を呑んだ。

終生奉公の大奥でなにか不始末をしでかした女中は、その多くが実家へ宿下《やどさ》がりさせられる。そして実家で身を慎み、咎めが下されるのを待つ。

とはいえ、そのほとんどが実家へ帰された後、数日で病死した。

「なんということをしてくれた」

「家の名前に傷を付けた」

実家が女中の累《るい》を怖れ、自害させるのだ。

そうしないと実家にも咎めは及ぶ。

大奥での主導権争いが裏にあったため、例外とすべきかもしれないが、かの絵島も実家預かりとなり、その後、評定所で厳しく取り調べを受け、自白はしなかったが実家の白井《しらい》家は取り潰し、異母兄の平右衛門《へいえもん》は切腹、弟の豊島某は遠島となった。

これが大奥へ娘や姉妹をあげている旗本をより一層震えあがらせた。

「巻きこまれてはたまらぬ」

実家の考えることは一つであった。

「一つお願いがございまする」

「そなたが願いとは珍しいの。申せ」

「城中で脇差《わきざし》を帯びたく」

「……城中法度に触れるぞ」

聡四郎の求めに、吉宗が驚いた。

誰であろうとも城中で刀を抜けば、切腹改易と決まっていた。

「わたくしの役目は公方さまの先触れと存じておりまする」

「ああ。たしかにそう申しつけた」

吉宗が聡四郎に偏諱《へんき》を与え、吉前と名乗れと命じたのは、立ち塞がる敵を倒せとの意味があった。

「惣目付は、わたくし一人で終わる役目」

「うむ。すべてを監察するなど将軍をも凌駕《りょうが》する権になりかねぬ」

聡四郎の考えを吉宗が認めた。

「その覚悟でございまする」

死を賭《と》して役目に邁進《まいしん》すると聡四郎が宣した。

「使い捨てよと」

「旗本は公方さまの馬前で果てることこそ本望でございまする」

ぐっと睨む吉宗を聡四郎が見つめ返した。

「……わかった。城中での帯刀と抜刀を許す」

「かたじけのうございまする」

告げた吉宗に、聡四郎が平伏した。

「よいか、躬の改革は端緒《たんしょ》じゃ。まだまだ何十年とかかろう。いや、躬の代では終わるまい。そのためにはそなたの力が要る。その命、決して無駄遣いをいたすな」

「努力いたしまする」

「そなたも馬鹿じゃ」

死なないと応えなかった聡四郎に吉宗が一瞬頬をゆがめた。

「月光院と天英院も脅しておけ」

そう言い残して吉宗が梅の間を出ていった。

「……水城さま」

太田彦左衛門が噴き出した汗を拭きながら聡四郎に話しかけてきた。

「甘いと思うか」

「いささか」

意図をくみ取った聡四郎に太田彦左衛門が首を縦に振った。

「公方さまを欺《だま》そうとしたわりに、実家での自害であれば表沙汰にならぬ」

幕府というか武家では、自害をすればそれ以上罪を問わないという慣習がある。人にとって命を差し出すほどの償いはないという考えと、なにがあっても家は守らねばならないという武士の信条を、心情を勘案したものであった。

「一罰百戒《いちばつひゃっかい》をなされると……」

太田彦左衛門が吉宗の出ていった襖のほうを見た。

「炭の代金がまだ支払われていないからだろう。もし勘定吟味役が出金を認め、支払いが為されていたならば、幕府の金に手を付けたと同じ扱いになったがな。代金を自ら支払うか、実家が出せば、個人の買いものとなる。問題は竹姫さまのお名前を使ったということだが、公方さまは竹姫さまをふたたび大奥での争闘に巻きこみたくはないとお考えのようである」

「なるほど」

惚れた女の静かな日々を吉宗は守りたいのだと言った聡四郎に、太田彦左衛門が納得した。

「公方さまも……」

「男であられるということだ」

吉宗と竹姫の悲恋を目の当たりにしてきた聡四郎が寂しそうな顔をした。

「……では、行ってくる」

「徒目付は伴われませぬので」

太田彦左衛門が警固を勧めた。

「相手は大奥じゃ。男を連れてというのはよろしくあるまい」

「ですが、万一ということも」

聡四郎が吉宗の代わりとして、大奥で嫌われている、いや、憎まれていることを太田彦左衛門は心配していた。

「大奥では竹姫さまのお局以外で飲み食いはいたさぬ」

「別式女《べっしきめ》という女武芸者がおるように伺っておりますが」

男が入れない大奥には、少禄の旗本や御家人の娘からなる警固衆がいた。

「火の番《ひばん》か。たしかに薙刀《なぎなた》は面倒だが、吾を襲うようなまねはすまい。もし大奥で吾が死ぬ、あるいは傷を負うなどすれば、公方さまはご辛抱を解き放たれる」

「大奥が潰れまするか」

「潰されよう。そもそも大奥など不要とお考えであるからな。大奥がなくなるだけで、どれだけの金が浮くか。倹約令を撤廃できるかもしれぬ」

太田彦左衛門の言葉に、聡四郎が応じた。

四

梅の間を出た聡四郎は脇差を差した姿で城中を進んだ。

「えっ」

「まさかっ」

城中では懐刀を帯びるのが決まりで、脇差は将軍の警固役である新番組《しんばんぐみ》、小姓《こしよう》組《ぐみ》などしか許されていない。それも詰め所にいるときだけで、他のところに行くときは脇差を置いていくのが慣例であった。

その城中で堂々と聡四郎は脇差を腰に差していた。

見た者が顔色を変えるのも当然である。

「おい、訊いてこい」

「ご無理な」

役人の一人が、お城坊主を突《つつ》いた。

「行かぬか。殿中の雑用は我らの役目と日頃から申しておろうが」

なにか頼むたびに金を要求するお城坊主は、殿中の嫌われ者であった。最初に命じた役人だけでなく、他の者もお城坊主を責めた。

「役目を果たしていないと目付に告げられたいか」

「……はい」

横暴なお城坊主とはいえ、目付は怖い。

恐る恐るお城坊主が聡四郎に近づいた。

「あの、惣目付さま」

「御用中である」

刀の届かない範囲から声を掛けてきたお城坊主を、聡四郎は拒否した。

「は、はいっ」

お城坊主が逃げるように離れた。

「御用……」

「なにをなさるつもりだ」

周囲の者たちも呆然と聡四郎を見送った。

「……遠藤湖夕はおるか」

伊賀者番所を聡四郎は訪れた。

「これに……なっ」

現れた遠藤湖夕も目を剝いた。

「公方さまのお許しをいただいた」

「ああ、さようでございましたか」

聡四郎の説明に遠藤湖夕が安堵の息をついた。

「今から大奥に入る。馬鹿をする者はおるまいが、月光院と天英院の様子を探れ」

「少しときをくださいませ」

人の手配をする手間が要ると遠藤湖夕が願った。

「なかに出していないのか」

聡四郎が怪訝な顔をした。

「三人、入っておりまするが、それらを動かすことは……」

遠藤湖夕が口ごもった。

「どういうことだ」

「竹姫さまの警固でございまする」

首をかしげた聡四郎に、遠藤湖夕が述べた。

「公方さまか」

「はい」

確かめるように訊いた聡四郎に遠藤湖夕が首肯した。

たった一夜の逢瀬《おうせ》、生まれて初めての恋。天下に号令を出し、情け容赦なく敵を葬る吉宗の密かな想いはまだ竹姫のうえにあった。

「待つ」

ほっとした心で聡四郎が認めた。

「では……」

遠藤湖夕が番所を出た。

大奥から上級女中たちが表へ出てくる、あるいは表の役人が大奥の女中と打ち合わせをするために出入りする木戸を見張るのは伊賀者のなかでも組頭、あるいはそれに準ずる熟練の者であり、腕が立とうとも新任の御広敷伊賀者は入れない。

遠藤湖夕は御広敷伊賀者が控えている伊賀者詰め所へと向かった。

「四人、入れ。月光院さま、天英院さま、火の番詰め所、七つ口を見張れ」

「異常への対処は」

伊賀者詰め所にいた御広敷伊賀者が問うた。

「せずともよい。なにがあったかだけを記憶せよ」

奇妙な命令であるが、忍の役目は理で解き明かせるものばかりではなかった。いや、どちらかといえば、不条理なもののほうが多かった。

「惣目付さまのお指図である。急げ」

「百数えるだけくれ」

伊賀者詰め所からもっとも遠い天英院の局へ向かう御広敷伊賀者が願った。

「わかった」

遠藤湖夕が認めた。

「茂助《もすけ》、麦次《むぎじ》、四之助《よのすけ》」

「おう」

「出る」

遠藤湖夕と話していた伊賀者に呼ばれた御広敷伊賀者たちが、詰め所の二階へと駆けあがった。

「太五郎《たごろう》、しくじるなよ」

指示役の御広敷伊賀者に釘を刺して、遠藤湖夕が伊賀者詰め所から伊賀者番所へと戻った。

「手配終わりましてございまする」

懐かしげに伊賀者番所を見ていた聡四郎のもとに、遠藤湖夕が報告した。

「うむ」

重々しくうなずいた聡四郎が立ちあがった。

「惣目付として命じる。相手が誰であろうが、大奥との木戸を開くことを禁じる」

「承りましてございまする」

役目での遣り取りである。普段と違った厳粛な聡四郎に、遠藤湖夕が平伏した。

「七つ口から参る」

「こちらからでは……」

番所を出かかった聡四郎に遠藤湖夕が不思議そうな顔をした。

伊賀者番所にある出入り口は、いつ誰が出入りしたかわからないよう、周囲から隠されている。もちろん、御広敷に勤める役人たちは知っているが、まず大奥へ入ることはないため、伊賀者番所へ足を運ぶこともない。

人知れず大奥へ入るならば、ここしかなかった。

「見せしめを兼ねておる」

「公方さまが……」

口の端を吊りあげた聡四郎から、その背後を読み取った遠藤湖夕が震えた。

吉宗の苛烈さをもっともよく知っているのが御広敷伊賀者と言える。藤川義右衛門の後釜として、閑職の山里郭《やまざとぐるわ》伊賀者頭から転じてきた遠藤湖夕は、その後始末で何度も吉宗に叱られていた。

「ここを任せた」

「はっ」

背を向けた聡四郎に遠藤湖夕が深く一礼した。


七つ口は夜明けから夕刻七つまで開けられている。当番の御広敷番頭《ばんがしら》によって差配され、御広敷番が出入りする人やものを検《あらた》める。

「惣目付水城右衛門大尉である。公方さまの御諚により通るぞ」

「はっ」

御広敷番頭が将軍の名前に平伏した。

「……よろしいのでございまするか」

後ろに控えながら、やはり平伏していた御広敷番が、男を通していいのかと小声で番頭に訊いた。

「新任のそなたは知らぬか。あのお方は竹姫さま付き御広敷用人をなさっていた公方さまのお気に入りじゃ」

「ですが、今は御広敷用人ではないのでございましょう」

「何役かなどどうでもよいのだ。水城さまの奥方さまは、公方さまの御養女である」

「公方さまの御養女……ということは」

番頭に言われた御広敷番が息を吞んだ。

「公方さまの婿さまぞ」

「…………」

止めを刺された御広敷番が言葉を失った。

七つ口を入ったところに、各局へと搬入される荷物を受け取る御末たちの詰め所があった。

「男……」

「なぜ、男が……」

詰め所にいた御末たちが聡四郎に気づいて騒ぎ出した。

「なにが」

異常な事態だが、雑用をこなすだけの御末にはどうこうするべきかの判断ができなかった。御末は御目見得できない御家人、あるいは裕福な町人、あるいは大百姓の娘で終生奉公でもなく、数年で去っていくため、大奥を支える女中としての教育を受けてはいなかった。

「騒ぐな、御用である」

御広敷番頭が御末たちを無視して進む聡四郎に代わって注意した。

「…………」

御末たちが引っこんだ。

聡四郎はそのまま足を運んだ。

竹姫の局は七つ口からもっとも遠い。廊下の真ん中をどうどうと背筋を伸ばして歩く聡四郎は目立った。

「なっ」

「男がおるなどありえぬ」

女中たちが一様に唖然として硬くなる。

「あれは……水城ではないか」

そんななかの一人が聡四郎を知っていた。

「御広敷用人を辞めたはずではなかったか」

三十路《みそじ》をこえたあたりといった女中が、首をかしげた。

「どこへ……ああ、あの奥には竹姫さまの局がある。また、なにか公方さまの御用か」

女中が推測を呟いた。

「お方さまにお報せせねば」

小走りに女中が聡四郎とは別の方向へと急いだ。

竹姫は、吉宗の気遣いで月光院や天英院と同じ大きさの局を与えられていた。

「なにやら騒がしいの」

源氏物語を読み返していた竹姫が、遠くで聞こえていた喧噪《けんそう》が近づいてくるのに気づいた。

「見て参りましょう」

竹姫が幼いころから仕えている中臈の鹿野《かの》が腰をあげた。

大奥は何度も火事に遭っている。各局で煮炊きをするし、湯も沸かす。火鉢に炭も使う。

もちろん火の番と呼ばれる見廻りはいるが、それで完全に防げるものではない。

少しでも騒ぎが聞こえれば、火事でないかどうかを確認するのが慣習となっていた。

「……水城さま」

廊下へ出た鹿野は一瞬で聡四郎を見つけた。

小柄な女しかいない大奥で、五尺七寸（約一七三センチ）近い聡四郎は頭一つ上回る。

「鹿野どの」

聡四郎もすぐに鹿野を認識した。

「いかがなさいました」

近づいてきた鹿野が首をかしげた。

「姫さまにお目通りをいただきたく」

「……わかりましてございまする」

少し考えて鹿野が首肯した。

竹姫に用があるならば、女坊主に命じて大奥側の御広敷まで出てきてもらえばいい。それをせず、型破りな形での目通りをしに来たことが鹿野を緊張させた。

「ここでしばしお待ちを」

竹姫のつごうを訊かなければならない。将軍養女の竹姫に不意の目通りなどまずありえないのだ。吉宗はもちろん、聡四郎だから許されているだけで、さすがにいきなりの入室はまずかった。

「水城さまが御目見得を願っておりまする」

「なんとまた珍しいことよな。かまわぬ」

鹿野から聞かされた聡四郎の名前に、竹姫が喜んだ。

「不意の願いにもかかわりませず、お目通りをいただき恐悦至極《きょうえつしごく》に存じまする」

「そなたなれば、いつでもよいぞ」

次の間に手を突いた聡四郎へ、竹姫が応じた。

「公方さまはご壮健かの」

「はい。日々政に励んでおられまする」

竹姫が最初に問うたのは、やはり吉宗のことであった。聡四郎は微笑みながら、述べた。

「ご無理をなさっておられるのじゃな」

「…………」

すっと雰囲気を変えた竹姫に、聡四郎は黙った。

「そなたを責めるつもりはない。すまぬことをした」

竹姫が詫びた。

吉宗が他人からなにを言われようとも、その行動を変えることはないと竹姫はよくわかっている。それでも気を遣ってしまう。

「いえ。頭をお上げいただきますよう」

聡四郎が首を横に振った。

「御側におれれば、少しはお慰めできようが……」

まだ竹姫との婚姻が望めたころ、ごくまれだが吉宗は局を訪ねて茶を飲んだりしていた。

そのときの穏やかな吉宗を竹姫は思い出していた。

「…………」

なにも言えず、聡四郎はうつむいた。政が想い合う男女を引き裂いた。町人ならば許されることでも、将軍には決して認められない。天下百年の計をなすために将軍となった吉宗は、竹姫との日々をあきらめるしかなかった。

「で、今日はなにかの。用がなくとも、そなたなら歓迎するぞ。姉上さまはお元気か、紬さまはどうじゃ」

竹姫が表情を明るいものにした。

「おかげさまをもちまして、妻、子供とも健在でございまする」

聡四郎も頬を緩めた。

「なによりじゃ。姉上さまにたまには顔を見せて欲しいと竹が願っていたと伝えてくりゃれ」

竹姫にとって紅は親しみやすい相手だったのだろう、いつのまにか姉上と呼んで慕うようになっていた。

「そういえば、新たなお役目に就いたようじゃな。惣目付と申したかの」

「さようでございまする。公方さまより監察方を仰せつかりましてございまする。それと右衛門大尉の官名と偏諱《へんき》をちょうだいいたしました」

「おおっ、偏諱を賜ったか。それはめでたいの」

竹姫が祝った。

「なんという諱《いみな》にいたした」

「吉の一字を拝領仕り、吉前と」

主筋《しゅう》以外が武士に諱を問うのは無礼になる。竹姫は吉宗の養女であるゆえ、問題はないが、聡四郎は誇らしげに応じた。

「よいな。公方さまの前に敵と対するか」

竹姫が満足だと顔をほころばせた。

「では、忙しいそなたに手間を取らせるわけにはいかぬの。用件はなにか」

「これを」

聡四郎は吉宗から預かった竹姫の局が追加請求をしたという書付を取り出し、鹿野に渡した。

「……まことか」

鹿野から受け取って読んだ竹姫が呆然とした。

「鹿野、そなたも見るがよい」

竹姫から渡された書付に鹿野が目を落とした。

「な、なんということを」

鹿野が絶句した。

「やはり偽物でございましたか」

聡四郎が嘆息した。

「当然であろう。妾は公方さまから賜っておる薪炭だけで十二分じゃ。寒さが厳しいならば、皆で次の間に集まり、人気で暖をとるようにしておる」

綱吉の養女となったことで日陰者にさせられた竹姫は、もともと余裕のある生活はしていなかった。それを気にした吉宗が、吾が養女とすることで待遇を改善している。

「公方さまもわかっておられました。この書付を作った者は愚かだと。ゆえにわたくしを遣わされたのでございまする」

「ああ」

竹姫が聡四郎の答えを聞いて感にむせんだ。

「姫さま」

聡四郎が力強くうなずいた。

「うむ。妾の背は公方さまじゃ。なれど、妾の盾はそなたである」

竹姫が聡四郎に告げた。

「畏れ多いことでございまする」

信頼を受けて聡四郎は平伏した。

「しばらく大奥を騒がせまするが、ご辛抱のほどをお願い申しあげまする」

「なに、世捨て人じゃ。世間とはかかわりない」

竹姫が笑顔で応じた。

「では、これにて」

一礼した聡四郎が局の外へ出た。

「鹿野どの」

見送りについてきた鹿野に聡四郎が声を潜めた。

「はい」

鹿野も小声になった。

「逆恨みをする者が出るやもしれませぬ。お気を付けくださいますよう」

「……………」

聡四郎の忠告に鹿野が顔色を変えた。

「公方さまのお指図で、何人《なんぴと》たりとも竹姫さまへの目通りは敵わぬと断ってくださいますよう。もし、それでも押し入ろうとした者がおりましたら、名前をお控えいただければ、惣目付として対応をさせていただきまする」

強い眼差しで、安心させるように聡四郎が断言した。

第四章　惣目付と女

一

聡四郎が大奥へ入ったことは、あっという間に拡がった。

七つ口で聡四郎を見た女中が言い触らしたわけではない。ただ、大奥で堂々としている聡四郎に、女中たちが大騒ぎしたからであった。

「月光院さま、水城が、水城が大奥へ」

もちろん最初に報告を受けたのは、月光院であった。

「どうせ竹のところであろう。放っておけ」

月光院が手を振った。

「お方さま」

局が興味をなくしかけた月光院を止めた。

「なんじゃ」

面倒くさそうに月光院が応じた。

「薪炭のことではございますまいか」

局が確かめた。

「薪炭……あれか」

月光院が気づいた。

すでに昨日薪炭は、月光院の局に納入されている。廊下を挟んで局とは反対側の納戸に薪炭が山積みになっていた。

「放っておけ。妾の与《あずか》り知らぬことよ。薪炭が欲しいと表使に申したら、届けられただけのこと」

たしかに本筋だけとればそうなる。

「はい」

平然としている月光院に局が首肯した。

表使園部のもとにも聡四郎が入りこんでいることは報された。

「惣目付が侵入しただと」

一昨日呼び出しを受けたばかりである。園部が顔色を失った。

「竹姫さまのお局へ向かわれたとのよし」

報告は続いた。

「…………」

「水城さまはかつて竹姫さま付きの御広敷用人でございました。新しいお役目に就いたとのご挨拶では」

火の番が園部の機嫌を取るように言った。

「たわけがっ。そんなはずはなかろう」

園部が立ちあがりながら火の番を怒鳴った。

「妾は月光院さまのもとへ参る。そなたらはここに残り、水城が妾の行方を問うたとき、知らぬ存ぜぬをとおせ。よいな」

そう命じると返事も待たずに園部は早足で表使部屋を離れた。

「どうなされたのだ」

「わからぬ」

残された者たちが顔を見合わせた。

御広敷用人をやっていただけに、大奥についてはわかっている。

聡四郎は竹姫の局から迷うことなく表使部屋まで来た。

「表使の園部はおるか」

「なにものか。ここは大奥ぞ」

問うた聡四郎に別の表使が反問した。

「惣目付である」

「どのような役目であろうとも、大奥は公方さま以外の男は立ち入れぬ」

表使が言い切った。

「ほう。御番医師もいかぬのだな。御春屋《おつきや》から名水を運んでくる黒鍬者どもも」

「理屈をこねるな」

嘲弄《ちょうろう》するような言いかたをした聡四郎に、表使が怒った。

「惣目付の役目を知らぬらしいの。よくそれで表使が務まるものじゃ」

より一層聡四郎が表使を煽《あお》った。

「……おまえっ」

表使が憤慨した。

「火の番を集めよ。この者を討て」

惣目付に暴力を振るうなど、後が恐ろしい。火の番が震えた。

「かまわぬ。惣目付などという役目ができたと大奥には通達が来ておらぬ。ならば、こやつは胡乱《うろん》な者である」

「ほう、通達が来ていないと」

「少なくとも、妾は知らぬわ」

表使が吐き捨てるように言った。

「集《つど》え、集え」

大声を表使があげた。

「なにをなさる。表使さま」

火の番が顔色を変えた。

「…………」

聡四郎は黙って、その有様を見ていた。

「お出会い召され」

「なにか」

足音も高く薙刀を抱えた火の番たちが駆けつけてきた。

「男……」

「こやつを追い出せ」

事情の呑みこめていない火の番たちが表使の命に従った。

「手向かいたすとあれば、女であろうとも遠慮はせぬ」

聡四郎が脇差を抜いた。

「ひやあぁ」

一人の火の番が白刃の煌《きら》めきに吸い込まれるよう、薙刀を袈裟《けさ》斬りに聡四郎へぶつけてきた。

「未熟」

聡四郎は薙刀のけら首を一刀で斬り飛ばした。

「きゃあぁ」

飛んだ先が身近に刺さった表使が悲鳴をあげた。

「あぁあ」

薙刀を斬られた火の番が腰を抜かした。

「次は誰ぞ」

油断なく聡四郎が構えを戻した。

「……………」

火の番たちが顔を見合わせた。

そもそも火の番は小禄の旗本や御家人の娘のなかから、武術の経験がある者を集めただけで、真剣な鍛錬をおこなったわけではなかった。

毎朝、大奥の中庭にて、薙刀を振るくらいしか稽古はしていない。仲間同士の稽古さえ、危険だとして避けているような連中が、聡四郎の気迫に立ち向かえるはずもなかった。

「な、なにをしている。さっさとやらぬか」

腰を抜かした表使の言葉にも、火の番は動かなかった。

「きさまら全員、実家へ送り返すぞ」

表使が脅しにかかった。

小禄の旗本、御家人の娘とはいえ、建前上は終生奉公である。その決まりを破っての実家帰しは、不始末をしでかしたとの証であり、罪人扱いになった。

嫁入りはもちろん、実家でも居場所はない。身分が軽いため、自害を強制されることはまずないが、よくて奉公人として実家でこき使われるだけの一生を過ごすか、悪ければ勘当されて放り出される。

「…………」

だが、それよりも聡四郎への脅威が勝《まさ》った。

「得物《えもの》を手から離さぬかぎり、敵と見なす」

「は、はい」

聡四郎から殺気を浴びせられた火の番たちが、先を争って薙刀を手放した。

「……おまえらは」

表使が唖然とした。

「惣目付として申しつける。この表使の役目を剝ぎ、謹慎を命じる。ただちに捕縛いたせ」

今度は聡四郎が火の番たちに指図した。

「承りましてございまする」

四人の火の番が寄って集《たか》って表使に縄を掛けた。

「妾は表使ぞ。このようなまねをして無事にすむと……」

「拙者は惣目付、公方さまのお下知によって動く者。役目にあるときは公方さまの代理である。その惣目付に刃を向けさせたのだ。どのような処分に遭うか、わかっておろうな」

「ひっ」

吉宗の命だと言われた表使が気を失った。

「こやつを見張っておれ」

「はい」

火の番たちが頭を垂れた。

「園部はどこへ」

「さきほど居場所を言うなと釘を刺され、月光院さまの局へ」

最初からいた火の番が答えた。

「やはりな」

そう言い残して、聡四郎は表使部屋を出た。

園部は小走りに大奥を駆け、月光院の局前までやってきた。

「御免くださいませ」

「どなたかの」

なかから誰何《すいか》の声が返ってきた。

「表使園部でございまする」

「お方さまに伺って参りますゆえ、しばしお待ちを」

局付きの取次役が動いた。

「……ええい、まだか。月光院さまには薪炭のことで貸しがあるというのに」

すんなり迎え入れられなかったことに園部が焦った。

「表使の園部とやら」

なかから傲慢《ごうまん》な声がした。

「妾はお方さま付きの中臈浅黄《あさぎ》である」

「浅黄さま」

表使より中臈のほうが格は高い。

園部がていねいな口調になった。

「お方さまへの目通りは敵わぬ」

「なぜでございましょう」

「理由などない。お方さまは目通りを許さぬと仰せである。そうそうに立ち去れ」

浅黄が冷たく言った。

「それはあまりでございましょう。わたくしはお方さまのお望みを達するため、努力をいたしました。また、成果も出しておりまする」

「なんのことを申しておるのか。わからぬの。お方さまは薪炭が欲しいと言われただけで、それ以上のことをなされておらぬ。一度勘定方へご希望を出されたが、拒まれたことにも何一つ苦情は口になされておらぬ」

「なにをっ」

前回、月光院よりなんとかしろと言われた園部が絶句した。

「薪炭はこちらから求めたものではなく、そちらが用意したもの。それがなんぞお方さまの支障となるのか」

「……………」

園部が唖然となった。

「わ、妾を贄《にえ》になさる気か」

「人聞きの悪いことを言わぬでもらいたいの」

嘲笑《あざわら》うような響きで浅黄が告げた。

「ならば、惣目付にすべて語るわ」

「やればいい。なんの証もないのだ。もし、それでそなたの罪がなくなったとして、この後大奥に居場所はないぞ」

「……………」

あきれた浅黄に園部は言葉を失った。

月光院は家継の死でかなりその権力を落とした。さらに寵愛していた老中格間部越前守詮房の失脚で、かつての栄華は見る影もない。

それでも表使の一人を大奥から追い出す、あるいは使い潰すくらいの力はあった。

「迷惑じゃ、立ち去れ」

それを最後に局の応答は終わった。

「どうすれば……」

園部は愕然《がくぜん》としていた。

竹姫は吉宗のお気に入りである。その名前を使えば、まちがいなく要求は通る。

そう考えた園部の策は、たしかに思い通りに成功した。

「やるの」

月光院からも満足だとの返答があった。

「いずれは立身させてもやろう」

出世の話も聞かされた。

大奥の女中になる者は、いくつかに分かれる。

雑用係といわれる御末は、嫁入り修業として勤めている。

「大奥でしばらく御奉公いたしておりました」

この看板はかなり大きく、かなり格上との婚姻もできた。

もう一つが、実家がかなりの家柄で最初から出世が決まっている者である。もちろん終生奉公で、実家を引きあげる役目も持っている。

次が京都の公家の娘であり、大奥へ礼儀作法を教えるためにやってくる。とはいえ、実際は喰いかねた公家が娘を大奥へ送り、そこから援助を受けようという者がほとんどであった。

そして最後が、御家人、旗本などで娘を嫁に出すだけの財産がない家から出される者だ。

「公方さまのお目に留まれば」

「出世して、実家を助けてくれ」

それこそ一族の期待を受けて大奥へ入る。

園部もその口であった。

表使はさほど身分は高くないが、大奥での実権はある。また余得も大きい。それだけに表使になりたい者は多く、競争になる。

金がある、伝手《って》がある、こういった最初から有利な連中を抑えこんで、その職に就くにはかなりの努力が要る。

園部はその争いに勝ち抜いてきた。

だが、伝手がなければここから先は難しい。美貌で将軍の目に留まれば、いきなり中臈になれるが、園部にはその幸運は訪れなかった。

「美しい女は暇を取らせよ」

将軍になるなり、大奥に手を入れた吉宗である。今さら新しい側室を設けるとは思えない。

そこで園部は伝手を作るため、月光院にすり寄った。落ち目になった月光院に近づいたのは、そのほうが功績を立てやすいと考えたからだ。

実際、その機は来た。

うまく薪炭で手柄を立て、月光院に気に入られたところで、聡四郎の登場である。竹姫の名前を騙《かた》ったとわかれば、大事になる。それを防ぐために月光院へ庇護を求めたが、あっさりと拒まれた。

もう、園部に打つ手はなかった。

「表使園部であるな」

呆然としていた園部に、聡四郎が声を掛けた。

二

少し遅れて天英院のもとにも聡四郎が大奥へ入ってきたという報せが届いた。

「何をしに来たと思う」

天英院は腹心の中臈に問うた。

「聞いた話によりまするると、水城は公方さまより惣目付という役目を与えられたとか」

「惣目付とはどのようなものじゃ」

六代将軍家宣の正室であり、五摂家の一つ近衛《このえ》家の出である天英院は細かいことを気にしない。

「その字のとおり、すべてを監察する者」

「すべてとはあいまいじゃの」

「その言葉のままと取るべきかと」

首を小さくかしげた天英院に中臈が忠告した。

「妾も入ると」

「江戸城において、惣目付の手が届かぬのは公方さまお一人と考えるべきでございまする」

「……天下では」

「主上《しゅじょう》さま、そして公方さま」

「馬鹿な、それがどれほどの権か……」

天英院が驚愕した。

「通達から受け取るに、まずまちがいないかと」

中臈が述べた。

「……なにか妾の局で惣目付に目を付けられるようなまねはしておるまいの」

「わたくしの知る範疇《はんちゅう》では、問題ないかと」

尋ねられた中臈が首を横に振った。

「なればよい。なにもなければ、こちらからかかわることもなし」

天英院が聡四郎と争わぬと言った。

「一応、なんのために参ったのかは調べておきまする」

「ほどほどにの」

申し出た中臈に天英院が手を振った。

園部はあきらめて聡四郎に御広敷伊賀者番所まで連れ出された。

「なにか申し開くことはあるか」

「いえ、なにも」

最後の砦《とりで》と頼りにしていた月光院に見捨てられたことで園部は折れていた。

「竹姫さまのお名前を騙ったのはなぜじゃ」

「公方さまがお心にかけられている竹姫さまのご要望ならば、認められると愚考いたしましてございまする」

園部が答えた。

「そなたの考えでやったと見なしてよいのじゃな」

「はい。いえ、月光院さまから、どのようにしても薪炭をとのご要望が強く、それに押し切られる形で……」

念を押された園部が、首肯しかけて理由を口にした。

「月光院さまの指図だと」

「それが……」

さらに問うた聡四郎に園部が、先ほどの月光院の局前での遣り取りを語った。

「さようか。だが、やったのはそなたである」

「…………」

冷たく聡四郎に言われた園部がうなだれた。

「まず、薪炭の代金を勘定方へ返せ」

「……はい」

「公方さまのご判断を仰ぐ。実家に戻り、謹慎いたせ」

「わっ」

言われた園部が泣き伏した。

「遠藤」

「はっ」

女中への尋問とはいえ、二人きりになるのはよろしくない。伊賀者番所には遠藤湖夕と呼び出された御広敷番がいた。

「この者を実家まで送り届けよ」

「縄はいかがいたしましょう」

聡四郎の命に遠藤湖夕が問うた。

「不要じゃ。ここで逃げるようなまねをすると、実家がどうなるかくらいはわかっておろう」

「承知いたしましてございまする」

「荷物などは」

「許さぬ」

身一つで帰せと聡四郎は告げた。

園部の調べを終えた聡四郎は、その足で吉宗に目通りを願った。

「どうであった、大奥は」

すぐに他人払いがおこなわれ、御休息の間は吉宗と加納遠江守、聡四郎だけになった。

「竹姫さまはお健やかであられましてございまする。また、公方さまのお身体を心底からお気遣いなされておられまする」

「……そうか」

「ご多忙を御側でお慰めいたせぬのが悔しいとも」

「…………」

聡四郎からの伝言に、吉宗が目を閉じた。

「なに不自由なく過ごしておったか」

「かわらずにお過ごしであられました」

「うむ」

満足そうに吉宗がうなずいた。

「ところで、薪炭のことはどうであったか」

「表使の園部という者が……」

経緯を聡四郎が報告した。

「ほう、月光院がの」

さきほどまでの温和は消え去り、酷寒の風が吹いた。

「追及しても無駄だの」

「ご賢察のとおりかと存じまする」

吉宗の理解に聡四郎も同意した。月光院は知らぬ存ぜぬで通すとわかっている。

「だが、なにもせぬでは躬が甘く見られよう」

小さく吉宗が口の端をゆがめた。

「茶会を開く」

「……茶会でございまするか」

「それはどのような」

吉宗の宣言に加納遠江守と聡四郎は怪訝な顔をした。

「理由はなんでもよいわ。月を愛《め》でる、花を楽しむ、風を聞く、理由はなんでもな。そこに竹と天英院を招く」

「月光院さまは……呼ばぬと」

「当然じゃ。躬をなんとも思っておらぬのであろう。ならば、こちらもなんとも思うことはない。そこで躬は天英院と竹に問う。今の暮らしで足りぬところはないかとの。公家の出だけに天英院は聡《さと》い。おそらくすでに今ごろは聡四郎が大奥へ入った理由など把握しておるであろう」

「なるほど。天英院さま、竹姫さま、大奥の主人格を持たれるお二人が、十二分であると仰せられれば……」

加納遠江守が手を打った。

「工夫できぬ者は月光院のみとなろう。三人のうち二人が、倹約に賛成したとなれば、月光院も反対できぬ」

「まことに」

吉宗と加納遠江守の二人が話を進めた。

「聡四郎」

「はっ」

そのあたりの策略には加われない聡四郎に吉宗が声をかけた。

「そなたにも役目を与える。茶会の翌日に大奥へ入り、月光院のもとへ届けられた薪炭すべて召しあげて参れ」

「すべてでございますするか」

「そうじゃ。納戸にあるものから、今手あぶりのなかにあるものまでの」

楽しげに吉宗が口の端を吊りあげた。

「さすがに一人では運びきれませぬが」

薪は重く、炭は嵩張《かさば》る。

聡四郎は手助けの人員を求めた。

「当然の願いである」

吉宗が認めた。

「黒鍬者を連れていくがよい」

「かたじけのうございまする」

聡四郎が頭を垂れた。

「さて、茶会の報せを認《したた》めるかの」

楽しそうに吉宗が笑った。

名古屋を出た鞘蔵は、早速後をつけてくる気配を悟った。

「わざとか、それとも腕が落ちるのか」

忍の後追いは、相手に気取《けど》られないのが肝心である。どこへ行き、誰と会うのかを確かめるために後をつけるのである。それが悟られてしまっては意味がなかった。

それこそ目的地をごまかされたり、場合によっては罠《わな》に嵌《は》められて殺される。

「……わざとか」

しばらく伊勢《いせ》街道を進みながら、鞘蔵はそう判断した。

「下手なら、こちらに気づくはずもなし」

ここまで生き残ってきただけでもわかるように、鞘蔵は相当な遣い手である。とくに姿を隠す隠形《おんぎょう》、他人に化ける放下《ほうか》では、伊賀者のなかでも指折りという自負もあった。

お伊勢参りの旅人に見事扮している鞘蔵を見抜くだけでもすごい。

「何が言いたいのか」

ふと鞘蔵は話をしてみようかと考えた。

「いや、今はそれに興味を持ってはいかん。今は甲賀へ向かうのが任」

鞘蔵は甲賀忍者を仲間に引き入れるために名古屋を出た。ここで興味を持ったからといって、別の忍と接触するのはまずい。

もし、話が合わず戦いにでもなれば、そこで計画がずれる。

「知らぬ顔を決めこむしかないな」

鞘蔵はそのまま足を変えず、街道を進んだ。

「気づいたはずだが……」

後をつけていた尾張御土居下組加藤《かとう》が独りごちた。

「どうするかの」

御土居下組の役目は、万一のとき藩主公を無事に城から脱出させることであり、他所《よそ》から来た忍の相手ではなかった。

しかし、その忍がもし藩主公の命を狙っているとなれば、御土居下組も知らぬ顔はできなかった。

なにせ尾張藩には前科がありすぎる。

現当主の徳川継友《つぐとも》は、吉宗を将軍として認めることなく、反発したままであり、尾張藩を代表する執政の付け家老竹腰山城守正武《たけのこしやましろのかみまさたけ》、成瀬隼人正正幸《なるせはやとのしょうまさゆき》、生駒大膳《いこまだいぜん》致長《よしなが》、石河出羽守正章《いしこでわのかみまさあき》の四人は、幕府に従うべし、いや尾張こそ正統と将軍位譲渡を求めるべしの二つに分かれている。

八代将軍となったとはいえ、御三家の第二席紀州家の出で、しかも生母が湯殿番《ゆどのばん》という女中のなかでも最下級なのだ。

「要らぬ子が」

「運のいい奴」

吉宗が将軍候補となったころから、陰口は散々叩かれてきた。

「兄二人を殺して藩主の座を奪ったと聞いた」

「尾張藩の吉通さまの死も裏で糸を引いているらしい」

将軍となってからも悪評は止まらない。

それどころか、吉宗が改革を命じ始めたころから、一層足を引っ張るような噂は増えている。

「やはり吉通さまこそ将軍にふさわしい、六代将軍家宣さまも嫡男家継さま幼すぎるゆえをもって、尾張公に将軍をと言い残されたとか」

「天下の将軍が金の心配など不要じゃ」

こういった悪意の裏には、かならず別人の名前が出てくる。

「やはり御三家から将軍を出されるならば、筆頭の尾張さまであろう」

「尾張さまの城下は繁華だと聞く。ものを買うな、始末せよなどというお方では、江戸の城下が寂れる。どころか天下が寂れる」

吉宗よりも継友がふさわしいという声が囁かれる。

当然、こういった話は吉宗の、継友の耳に入る。

「前藩主が死んだ日にこれで藩主になれると祝いの宴を開いたような不義理者が。天下百年の計どころか、百日さえ維持できまい」

吉宗にしてみれば、継友など塵芥《じんかい》のような者であり、相手にしない。

「やはり天下は、余を求めておる。吉宗づれが将軍では天下が治まらぬ。余が立つべきである」

継友は浮かれる。

天下を静謐《せいひつ》に保ち、怠惰を取り締まり、贅沢な風潮をなくそうと考えている吉宗にとって継友は、邪魔なだけである。いや、無視していい。継友ごときにかかわっている暇はないのだ。

だが、継友は声に踊らされて吉宗の前で舞う。

「うっとうしい」

吉宗がそう思うのは必定《ひつじょう》である。

「通春《みちはる》にさせるか」

尾張徳川の一族でかわいがっている通春に藩主の座を渡させようかと考えるのも当然であった。

その吉宗の意向を尾張藩もそこはかとなく感じている。

「このままでは、公方さまのお怒りを買って、藩が危なくなる」

「殿にはご隠居いただいて……」

御家大事と考える派閥ができ、

「天下の意見として将軍の座を譲らせるべきだ」

「藩主公こそ、天下人《てんかびと》にふさわしい」

継友を将軍にしようという派閥も生まれる。

今、尾張は二つに割れている。

正確には、どちらにも属さず、様子を見ているだけの者もいるので三つだが、藩が一つでないことは確かであった。

「出ていくならば、追わずともよいか」

加藤が足を止めた。

「御土居下組の役目は、あくまでも藩主公の警固」

その警固が当主を置いて藩境をこえるのは、本末転倒《ほんまつてんとう》であった。

「…………」

加藤がもう一度鞘蔵の背中を見て、踵を返した。

「甘いの」

その加藤の行動をずっと藤川義右衛門が見ていた。

「余裕がなかったせいかの。尾張は外を向いておらぬ。内ばかり見続けてきた」

尾張藩三代藩主権中納言《ごんのちゅうなごん》綱誠《つなのり》は、好色であった。正室のほかにじつに十三人の側室を抱え、なんと二十二男十八女をもうけた。

さらに正室が産んだ子が一人もいないという、まさに御家騒動待ったなしという状況が尾張藩にはあった。

さいわい綱誠は、跡継ぎとして吉通を指名、無事に継承は終わった。

不幸は、その吉通が若くして不審死したことで始まった。

どう見ても毒殺だとしか考えられない当主の死にざまは、眠っていた御家騒動を目覚めさせた。

「藩を背負えぬ子供などなにほどもなし」

吉通の嫡男五郎太が続けて死んだのも、当然といえば当然の結果であった。

「次は……」

まだ尾張には、吉通の兄弟がいる。一応、継友が継いだとはいえ、二度あることは三度ある。

どうしても警戒は内に向く。

「力を蓄えるまでの居場所として、じつにいい。いや、誰ぞに手を貸してやって、次の尾張藩主にするのもおもしろそうだ」

小さく藤川義右衛門が口の端をゆがめた。

三

茶会は将軍としての執務が終わり、好きなことをしてもいい昼餉の後で開催された。

「よき茶を楽しまん」

吉宗はあっさりとした題目にした。

「公方さまよりのお誘いとはうれしいこと」

天英院は二つ返事で参加を承諾し、

「畏れ多いことではございますが、同席の栄誉を賜りまする」

竹姫も遠慮深く応じた。

「妾《わらわ》にはないのか」

中庭で茶会の用意をしていれば、すぐに気づく。

「…………」

怒る月光院に中臈はなにも言えなかった。

「天英院と竹だと。これでは、和解ではないか」

竹姫と吉宗の婚姻を最終的に潰したのは天英院であった。それが吉宗、竹姫、天英院の三人で茶をとなると、険悪な状態ではないという証明になる。

「誰ぞ、茶会の様子を見て参れ」

月光院が手を振った。

大奥の中庭は、新しい側室を欲した将軍が評判の旗本子女たちを目利きする場所ともいわれ、それなりの広さがある。奥座敷から御庭散策という名目で集められた娘たちをよく見られるように、草木は低めに整えられ、見晴らしはよい。

「本日はお招きを感謝いたしまする」

「まことに佳《よ》き日でございますなあ」

「いや、よくぞ参られた」

竹姫、天英院、吉宗が互いに一礼した。

「さて、茶は先日宇治《うじ》から届いたばかりのものじゃ」

茶は生きもので、作られてから日にちが経つほど風味は薄れる。

「菓子は台所役人の手によるもの」

杉の器に入れられた饅頭《まんじゅう》を吉宗が出した。

「作法は二の次、味わっていただきたい」

「かたじけのうございまする」

「いただきまする」

茶会は穏やかに始まった。

「……公方さま」

三人が一杯目の茶を喫し終えたところで、天英院が背筋を伸ばした。

「承ろう」

吉宗も姿勢を整えた。

「お詫びを申しあげまする」

「受け取ろう」

天英院が頭を下げ、吉宗が許した。

「お許しくださいますので」

「今さら、咎め立てたところでどうなるものでもなかろう」

一度倫理の問題として世間に認知されてしまったとあれば、それを覆すのはかなり困難であった。

「それに……肚も括《くく》れたしの」

吉宗が声を厳格なものにした。

「躬が望みは、徳川の幕府が末代まで続くことじゃ。そのためならば、すべてを捨てられる」

「公方さま」

「お痛ましい」

宣言する吉宗に、天英院がおののき、竹姫が涙ぐんだ。

「天英院どの、竹姫。大奥での暮らしに不足はないかの」

「そのようなものはございませぬ」

「十二分にいただいておりまする」

先ほどの言葉を聞いたうえで、文句は言えるはずもない。

天英院も竹姫も不自由はないと答えた。

「では、もう一服いかがかの」

「なれば僭越《せんえつ》ながら、妾が点《た》てましょうぞ」

天英院が亭主を代わろうと申し出た。

その様子を月光院付きの女中がずっと見ていた。

さすがに吉宗がいるだけあって、野点《のだて》の席の周囲には火の番が警戒しており、話を聞けるほどではなかったが、天英院が頭を下げたのはわかったし、そのあと吉宗と亭主を交代しているのも見えた。

「……………」

女中はそこで見張りを止め、早足で月光院のもとへと戻った。

「お方さま」

「いかがであった」

駆けこんできた女中に、気になっていた月光院が身を乗り出すようにして問うた。

「……このような有様でございました」

「天英院が詫びただと。まことか」

報告に月光院が驚いた。

「まちがいなくお頭《つむり》をお下げでございました」

「あの天英院が……」

五摂家近衛家の出というのもあり、天英院の矜持は高い。その天英院が吉宗の前に敗北を認めた。

月光院が唖然とした。

「その他には……」

「火の番が囲んでおりまして……それ以上は」

「ええい、役に立たぬ。その後の話こそ重要であろうに」

申しわけなさそうな女中に、月光院が苛立ちをぶつけた。

「天英院の局の女から聞き出せ」

「手配を」

月光院の指示で中臈が動いた。

大奥には女しかいなかった。男としては将軍がいるとはいえ、ほとんどの女中にはかかわりがない。そんな状況で、狭いところに閉じこめられ、外に出ることもできないとなれば、欲求不満がたまる。

しかもそれを解消するには二つしかなかった。

一つは食いものである。世間では高級と呼ばれる食材や菓子をふんだんに食することで不満を解消する。

もう一つは飾ることであった。髪型や、簪、櫛《くし》、笄《こうがい》などの小間物、内掛け、小《こ》袖《そで》などの衣装に贅《ぜい》を尽くすことで満足する。

なかでも衣装は他人との区別が付けやすい。

「いささか古風な」

古びたものと嘲弄したり、

「妾の着物の袖くらいで買えような」

安ものと揶揄《やゆ》したりして、相手の上に立てる。

言うまでもなく、茶会じゃ、花見じゃ、月見じゃというのは、大奥全体で催すものがほとんどである。当日、会が始まるまで互いの衣装は見せない。

「おや、まあ」

その場で相手を嘲笑するのがもっとも楽しいからだ。もし、あらかじめどのようなものを着ていくかを知られていては、それができない。どころか、逆手に取られて、己が嗤《わら》われてしまう。

どちらもなにを着るか、隠す。それをなんとかして暴こうと、月光院や天英院、将軍寵愛の側室などの大奥実力者は対抗する局に手の者を忍ばせたり、金で籠絡《ろうらく》したりしてきた。

だからといって月光院の局の者が天英院のもとへ行き、その女を呼び出すわけにはいかない。目立てば今後使えなくなる。

「…………」

月光院付きの中臈は、あらかじめ決めてある大奥廊下の灯籠の一つ、その下に用件を書いた手紙を忍ばせた。

用があろうがなかろうが、一日一度そこを確かめるという約束もできている。

「遅くとも明日には返事があろう」

中臈はあたりを気にしながら、月光院の局へと引き返した。

茶会から帰った吉宗の機嫌はよかった。

「目に見えても触れられぬというのは無念であるが、竹の無事な姿を見られただけでも無駄ではなかった」

「それはようございました」

加納遠江守が安堵の息をついた。

「あとの、天英院がしっかりと意図を汲んでいたわ。躬に頭を下げて、申しわけなかったと詫びたわ」

「おおっ」

「それは……」

小さく笑った吉宗に、加納遠江守と聡四郎が目を剝いた。

「これで大奥も墜《お》ちたの」

吉宗が断じた。

「だからといって、月光院を見逃す気はない。聡四郎」

「はっ。では、これより黒鍬者への指図をお預かりいたしまする」

聡四郎が手を突いた。

「ああ、目付には断っておけよ。徒目付をそなたに奪われて、そうとう苛ついておるようじゃ」

「大奥査察のことも報せることになりまするが」

さすがに支配下の中間、小者を理由もわからず貸し出すことはない。

「かまわぬ。もし、それで月光院に明日の監察が漏れていたなら、ちょうどいい理由になろう。役に立たぬ目付を排するだけのな」

吉宗が口の端を吊りあげた。

「公方さま、目付がなくなりますれば、火事場巡検、城中静謐《せいひつ》、城内礼法監察などの役目をなす者がおらなくなりまするが……」

廃止はやりすぎだと加納遠江守が具申《ぐしん》した。

「火事場巡検は、火付盗賊改方にさせればいい。城中静謐なんぞ、今時誰も破らぬわ。礼法については高家にさせればいい。もともと高家の役目であったのだからの」

火事場巡検は火災の跡に出向き、町奉行所の役人から報告を聞くだけであり、城中静謐はまだ戦国の気配濃いころ、城中で暴れた大名や旗本を取り締まる仕事で、礼法監察はそもそも高家の役目であったのを目付が奪い取ったものである。

どれも目付でなければできないというものではなかった。

「なんなら、一日火鉢の前でしゃべるしか用のない大目付を駆り出してもいい。あやつらも飾りだとか、隠居前と言われるよりましだろう」

さらに吉宗が付けくわえた。

大目付はその名の通り大名目付であったが、初期の役人が張り切りすぎて多くの大名を潰し、牢人を世に溢《あふ》れさせてしまった結果、慶安《けいあん》の変《へん》を誘発した。

「大名を潰しすぎてはいかぬ」

ときの大政参与会津《あいづ》藩主保科肥後守正之が融和策に転換、大目付から実権を奪い、目付へ委譲した。

それによって大目付は旗本が昇れる最高の役目でありながら、することのない日々を過ごすだけという矛盾した状態に陥っていた。

「使える者は何でも使う。使えぬ者は切り捨てる。それをせぬから、幕府は肥大しすぎた」

吉宗が嘆息した。

「目付は直接将軍へ意見具申《ぐしん》できる。たしかに監察はそうでなければならぬが、城中の奥深くにいる将軍に、目付だけの情報で正しい判断ができるはずなかろう」

監察という役目から、目付は老中でも訴追できる。だからといって正式に手順を踏んでいては、老中という権威によってもみ消されてしまう。それを防ぐために、目付は直接将軍と話ができる権を与えられていた。

ただ、この権の悪いのは訴追される側が同席できないところにあった。

「……こういう悪事をいたしておりまする」

「そのようなまねはいたしておりませぬ。某に問うていただければ、吾が身の潔白は証明されましょう」

同席していれば、目付が言い立てる罪に反論できる。

しかし、いなければ言われ放題になる。

「……それはけしからぬ」

将軍でまともに政をこなした者などいなかった。

家康《いえやす》は天下を一つにするため、政の芯である公明正大を無視して、豊臣《とよとみ》家とその恩顧《おんこ》大名を潰した。秀忠《ひでただ》は家康の偉大さに萎縮して、先代の影を消すことしかしなかった。家光《いえみつ》は将軍位を親と弟から奪われそうになったことで他人を信じず、強権を振るうだけであった。家綱は凡庸《ぼんよう》で政をしなかった。綱吉は偏狭《へんきょう》で、己の考えた天下を作ることに邁進《まいしん》、世のことを気にしなかった。六代家宣は、綱吉の後始末だけで寿命が尽きた。七代家継は子供であり、政など知りもしなかった。

このような将軍ばかりだったのだ。目付と二人きりの、正確には小姓もその場にいるが意見は口にできない状態で公正な判断を下せるわけはなく、

「気に入らぬところこれあり」

「勤務怠慢につき」

　ある日突然、訴追された者は職を失う。

　これは、目付が己の功績に失敗という傷を付けたくないため、将軍へ訴えたところで裁決を求めるからであった。

　正式な手順だと、目付の訴追、評定所への呼び出し、老中あるいは若年寄《わかどしより》立ち会いのもと審査、弁明の後、裁決の内容を内定して上申、将軍の認可を受けて決定となるのだが、この方法だと弁明で罪を免れたり、無罪を証明されたり、減刑されたりする可能性が出てくるのだ。

「なにをしている」

　もし冤罪《えんざい》となれば、訴追した目付が叱られる。

「任に能《あた》わず。進退を考えておけ」

　重なれば、辞任を求められる。目付という役目の性格上、老中、若年寄といえども罷免《ひめん》を命じることはできないが、進退をと言われておきながら居続けることは実際できなかった。

　そうならないようにする方法が、直接将軍に裁断させることであった。

「よろしからず」

そう将軍が言うだけで、訴追された者は一切の弁明なく、罪になる。

さすがに切腹や改易にはならないが、役目は失う。無役の者であれば家格が御目見得から御目見得以下に落とされる。

ゆえに目付は将軍との直接目通りの権を死守しようとする。

だが、それも吉宗には通じない。

「あやつらは旗本の俊英、旗本のなかの旗本と誇っておるが、その肚のなかは他の役人どもと一緒じゃ。どうやって出世し、家禄を増やすかしかない」

目付を勤めあげると、その多くが遠国奉行に転じていく。

とくに東西の大坂《おおさか》町奉行、同じく京都町奉行は、ほぼ目付から出世してくる。また、江戸町奉行はそのほとんどが目付を経験している。

いわば目付は、出世の大きな足がかりといえた。

「横槍を許すな。しっかりと釘を刺しておけ」

「はっ」

吉宗の指図に、聡四郎が頭を垂れた。

四

大目付松平石見守《まつだいらいわみのかみ》は、登城すると芙蓉の間で一日を過ごす。

別段、他の役の者と打ち合わせをすることもなく、大名が面談を求めてくること
もなかった。

「日向守《ひゅうがのかみ》どのよ」

「なにかの、石見守どの」

声をかけた松平石見守に同役の内藤《ないとう》日向守が顔を向けた。

「長閑《のどか》でございますなあ」

「まことに」

「少し冷えが身に染みますな」

「拙者もご同様でござる」

「歳は取りたくないものでございますなあ」

二人の会話はまさに隠居の暇つぶしであった。

「…………」

芙蓉の間には大目付だけでなく、寺社奉行、町奉行、勘定奉行など高級旗本、数万石ていどの譜代大名が詰める。

皆、その地位にあがるまで権謀術数《けんぼうじゅっすう》を駆使してきたのだ。隠居前の名誉職に近いとはいえ、幕府の中枢《ちゅうすう》に近い者二人が話をしているとなれば、耳をそばだてるのが習い性《しょう》になっている。そこからどのような役立つ手がかりが得られるかわからない。

とはいえ、ずっと無駄話に聞き耳を立てているほど暇ではない。

松平石見守と内藤日向守の話から、注意が逸《そ》れた。

「いかがでござる、ここ最近は」

「目がございますなあ」

二人はのんびりとした話を続けるようにしながら、本題に入った。

「坊主どもの話によりますると、目は同じだそうで」

「連日同じか」

大目付を見張っている徒目付が交代していないと松平石見守が報告し、内藤日向守が目を少し大きくした。

「徒目付は三勤一休では」

「監察方は、それにはあてはまりませぬの」

相手を見張る役目が、休みを取っていては任務に支障が出る。

「なれど連日では、顔も覚えられましょうし、見張るほうも集中が切れやすくなり申そう」

内藤日向守があきれた。

「ご存じでござろう、徒目付一掃のこと」

「惣目付を相手に、仕事をせぬと申したという」

松平石見守の問いに内藤日向守が応じた。

「愚かにもほどがあるまねでございましたな。役人というのは、上から命じられたことをすべて諾《だく》と返し、そのなかで己の利になることだけを選んで進めればよい。否やは上役を怒らせるだけ。したくなくとも引き受けて、なかなかに難しくとか、進展はいたしておりまするがあと少しご猶予をとか、のらりくらりとかわしていればよいものを。それを目付に義理立てしたという、理由にもなにもならぬことで逆らうとは」

「やはり家禄の低い者はいけませぬな」

二人が顔を見合わせて笑った。

「ところで、徒目付どもはすべて入れ替わったのでございましたかの」

「いや、数人はそのままだと聞きましたぞ」

さすがは大目付まで昇進するだけあって、城中の詳細に詳しかった。

「となると、交代の人数は手配できぬの」

「あの目は残り組か、あるいは状況がわかっていない者か」

松平石見守と内藤日向守が嘆息した。

「どういたす。厠へ行くたびに付いてきおって、うるそうなってきたのでな」

「目付の馬鹿にも教えこんでいかねばなるまい。先達を侮るなということをな」

二人の目つきが変わった。

「では、拙者が請《う》け合おうかの」

「お願いできるか」

立ちあがった内藤日向守に、松平石見守が頼んだ。

「任されよ。昨日今日城中へあがったばかりのひよっこに、殿中の恐ろしさを教えてくれようほどに」

内藤日向守が芙蓉の間を出た。

「日向守さま、なにか」

廊下で待機していたお城坊主が近づいてきた。

「ちと座り疲れたのでの。そのあたりを歩きたい」

「お供を仕りまする」

お城坊主は金をもらって役人や大名の手伝いをする。つまり、なにもしなければ金にならないのだ。

「ほれ、頼む」

白扇を手渡した内藤日向守が、お城坊主に案内を託した。

「かたじけのう」

お城坊主が一礼して、先導した。

城中には細かい決まりがあり、どの役目、どの家格ならばここまで入れるとか、許可なく足を踏み入れてはならないというところがあちこちにある。迂闊《うかつ》にそこへ足を踏み入れれば、名門であろうが高位の役人であろうが、咎めを受ける。

しかも、それを咎めるのは、目付であった。

目付が大目付に残された数少ない権能の一つである分限帳《ぶげんちょう》検めを奪おうとしているときに、その失策は大きい。

それを防ぐには、城中にもっとも詳しいお城坊主を使うことが正解であった。

「……動いた。厠ではない」

芙蓉の間を見張っていた徒目付の山上《やまがみ》が内藤日向守に気づいた。

「どうする。後をつけるか」

徒目付になったばかり、しかも徒目付組頭の蜂屋《はちや》左門《さもん》に押しつけられては、否やも言えない。おとなしく目付阪崎の指示に従っているだけの山上が戸惑うのも無理はなかった。

「…………」

山上はとりあえず、内藤日向守をつけた。

「なんだ、意味はないではないか」

結局、内藤日向守は付近をお城坊主の案内で歩いただけで、小半刻《こはんとき》（約三十分）ほどで芙蓉の間に戻ってしまった。

「わからん」

見張りの定位置に戻った山上が首をかしげた。

夕七つ（午後四時ごろ）になると大目付は下城する。

「お疲れでございました」

「いや、ご同様」

「この後、いかがかな。吾が屋敷で一献」

「気は惹かれますが、今日は戻らねばなりませぬでの。下の娘に縁談が参っておるとかで」

「それはめでたき。では、また後日」

二人の大目付が話しながら江戸城の廊下を中ノ口御門へと向かって歩んでいく。

山上もそれを後ろから見守るようにつけていった。

見張りも大目付がいなくなれば、終わりになる。だが、そのまま屋敷へ帰ることはできなかった。

「阪崎さま」

目付部屋の廊下で山上が襖越しに声をかけた。

「……しばし待て」

少ししてなかから応答があり、襖が開いて阪崎が出てきた。

「二階へ行くぞ」

「はい」

目付と徒目付の会談は、目付部屋の二階に設けられている書庫でされることが多かった。

ここは目付しか使用しないため、重なることが少ない。

「どうであった」

「いつもと少し違いがございました……」

促された山上が内藤日向守の行動を話した。

「……なんだそれは。誰かと会ったとかではないのだな」

「はい」

「懐から封《ふう》じ紙《がみ》を落としたりは」

用件だけを書いた紙を折りたたみ、それをさりげなく落として、目的の者に拾わせる。古来使われてきた連絡手段であった。

「後ろについておりましたので、ないと申せまする」

「……ふうむ」

首を横に振った山上に、阪崎が唸った。

「明日からはいかがいたしましょう」

いかに役目とはいえ、決められたところでじっとしているのは辛い。なにより周りの目が険しい。

「どなたさまかに御用でも」

とくにお城坊主がうるさかった。

「お役目じゃ。口出し無用」

「さようでございますか」

役目と言えば、お城坊主は退く。

ただ、今度はべつのお城坊主が同じことを問うてくる。

さすがに四六時中ではないが、ときどき思い出したようにお城坊主が近づいてくる。黙らせるにはどうすればいいかくらいはわかっている。

「お城坊主に用があるときは、かならず金が要る。襟元に小粒《こつぶ》をいくつか忍ばせておけ。白扇なんぞ使うなよ。どうせ出せても一朱《しゅ》くらいなのだ。そのていどの金をわざわざ屋敷まで取りに来させてみろ、どのような嫌味を言われることか。なにより白扇代がもったいなかろうが」

徒目付になったとき、先達から教えられていた。

お城坊主を追い払うには小粒を一個差し出せば、他のお城坊主へ手配りをしてくれるから、うっとうしい思いはしなくてすむ。だからといってお役目のために自腹を切るなどたまったものではない。

徒目付は役高百俵で五人扶持が与えられる。一人扶持が年間五石の知行に等しく、実質手取りが一石八斗、およそ二両弱でしかない。五人扶持でも年間十両に及ばないのだ。

月に一両あるかないかのお手当金のなかから、自腹でお城坊主への心付けを出してはいられなかった。

「お役目にかかわる金でございまする」

目付にそう言ったところで、無視されるのが関の山であった。

山上は見張りから解放されたかった。

「いつものようにいたせ」

残念ながら、山上の望みは消えた。

「はい」

山上は気づかれないように消沈を隠しながら、首肯した。

聡四郎は吉宗の指図に従って、黒鍬者頭を訪ねて台所前廊下へと来た。

「黒鍬者頭はおるか」

少しばかり高位となる焼火《たきび》の間廊下から聡四郎が呼んだ。

「これに」

素早く黒鍬者頭が近づいてきて、片膝を突いた。

「惣目付、水城右衛門大尉である。ついて参れ」

他人前で命じるわけにはいかない。どこから話が漏れるかわからない。

「はっ」

もちろん黒鍬者頭に否やはなかった。

聡四郎は少し離れた御納戸前廊下の片隅まで黒鍬者頭を誘った。

「控えよ、ご下命である」

吉宗の指図だと最初に聡四郎が宣した。

「ははっ」

黒鍬者頭が額を押しつけるようにして平伏した。

「明日、昼四つ、御広敷に黒鍬者を五人待機させておくよう」

「承ってございまする」

身分差が大きい。まずは承諾をしなければならなかった。

「惣目付さま、お伺いいたしてもよろしゅうございましょうや」

平伏したままで黒鍬者頭が願った。

「かまわぬ」

「畏れ入りまする。では、黒鍬者を何用にて大奥へお入れなさいましょう」

礼を言ってから黒鍬者頭が尋ねた。

「荷運びである」

「……荷運びでございまするか」

聡四郎の口にした内容に黒鍬者頭が一瞬戸惑った。

「うむ。公方さまのお指図により、大奥より荷を運び出さねばならぬゆえ、黒鍬者を使えと」

「わかりましてございまする」

黒鍬者頭が応じた。

「そなた、名前は」

今度は聡四郎が問うた。

「黒鍬者一番組頭権次郎《ごんじろう》めにございまする」

中間と等しく、任に当たるとき以外は姓を名乗ってはならないのが黒鍬者である。

かつて大目付に路上で誰何《すいか》された黒鍬者が、ためらわずに姓名を名乗ったことがあった。三河以来の譜代であったらしいが、分不相応な振る舞いとしてその場で放逐された。

死を与えられなかったのも咎めの一つである。武士が分不相応な振る舞いをして咎められれば、切腹が命じられるか、あるいは自ら腹を切る。こうして失策を償うのだ。

つまり黒鍬者は武士ではないと改めて幕府が公言したのだ。

権次郎と名乗った黒鍬者頭が名前しか答えなかったことこそ、礼に適《かな》っていた。

「うむ。覚えた。今後、惣目付から指示を出すこともあろう」

「なんなりとお命じくださいませ」

聡四郎の言葉に権次郎が答えた。

歩き去っていく聡四郎が見えなくなるまで、権次郎は平伏を続けた。

「……行ったか」

権次郎がもとの席へ戻るため立ちあがった。

「さて、お目付さまのお指図に従うかの。蓑佐は当然としても、残り四人、誰がよいか」

歩き出しながら権次郎が呟いた。

第五章　譜代の裏

一

黒鍬者の組屋敷は千駄ヶ谷《せんだがや》にあった。もとは下谷《したや》にあったが、身分軽き者の宿命か、江戸の町を拡張する都合で、何度も移動させられていた。

通称黒鍬町《くろくわまち》と呼ばれる組屋敷と扶持米《ふちまい》を生産する大縄地《おおなわち》は身分の割に広い。といったところで黒鍬者の数も多いため、さすがに一戸は屋敷というより長屋に近い。

また組ごとに長屋は固まっており、一番組、二番組が譜代、三番以下が一代抱え席という跡目《あとめ》相続の許されない者とに分けられていた。

当然、譜代が重要視され、表に出せない役もこなす。

黒鍬者一番組頭の権次郎が、長屋に蓑佐を呼び出した。

「なんだ」

蓑佐が顔を出して、用件を問うた。

「惣目付から、話があった」

「……で」

権次郎の発言に蓑佐が眉を動かした。

「明日昼四つ、七つ口まで黒鍬者を五人出せと」

「引き受けたのか」

黒鍬者は目付の配下ではあるが、惣目付の配下ではない。いや、少なくとも正式に支配を受けるという通達は来ていなかった。

「ご下命だそうだ」

「断れんな」

蓑佐が納得した。

「で、なにをせよと言うのだ」

「荷運びをせいと」

内容を訊かれた権次郎が答えた。

「大奥へなにかを運び入れるのか」

「いや、運び出すのだそうだ」

「五人で……なにを運び出すと」

「おそらく薪炭であろう」

怪訝な顔をした蓑佐に権次郎が述べた。

「薪炭……またなぜ、そのようなものを」

「そうか、この月の御春屋番は二組であったな」

首をかしげた蓑佐を見て、権次郎が納得した。毎朝、大奥へ風呂用の名水を届けるのは、譜代の黒鍬者が月替わりでおこなっており、今月は二番組が当番で、一番組は城外を担当している。そのため、近々の大奥については疎かった。

「……………」

「大奥でな、ちょっとした騒動があったのよ」

無言で急かした蓑佐に権次郎が答えた。

「月光院さまがな、竹姫さまのお名前を使って、勝手に薪炭をお買い求めになられたそうでな。表使一人が実家で慎み、もう一人御役御免差し控えになっている」

「そんなことがあったのか」

「その薪炭を取りあげられるのだろう」

「ふむ……」

少し考えるような振りをした蓑佐が、鋭い目つきで権次郎を見た。

「大奥のなかでやれと」

「……………」

窺うような蓑佐に権次郎が無言で肯定を示した。

「できるな。大奥だとあの従者も忍も連れていけぬ。水城一人だ。それを五人で襲えば容易だろうが、我らの仕業だと触れ回るようなものだぞ」

惣目付を大奥で御用中に襲ったとなれば、蓑佐たちが無事にすむはずもない。ましてや相手は吉宗なのだ。それこそ、黒鍬者根切りとなりかねなかった。

「安心しろ。罪をかぶってもらう相手は決まっている」

「誰に背負わせると言うのだ」

蓑佐が尋ねた。

「火の番どもよ」

「別式女か」

権次郎の出した名前に、蓑佐が手を打った。

「大奥に入って、薪炭を担いだところで火の番に襲われる。おまえたちは両手が薪炭で塞がっているため抵抗できず、そして水城は……」

「月光院さまに押しつけるつもりか」

さすがの蓑佐が驚いた。

「一番波風が立たぬからの。惣目付を殺したのが黒鍬者だったら、二百人をこえる死人が出る。しかし、月光院さまの指図であったとなれば、死ぬのは火の番だけですむ。いかに公方さまでも先代さまのご生母さまを死罪に処すことはできないからの」

権次郎が口の端を吊りあげた。

親に孝を、主君に忠を。これが幕府の基本思想である儒学の根本である。

そして将軍家は代々嫡流での相続という形を取ることで正統を保つ。ようは分家から入ったり、弟が兄の跡を継いだりするときも嫡流だと言い張れるように、養子縁組をおこなうのだ。

形だけとはいえ、吉宗は七代将軍家継の息子になっている。まったく無意味なものだが、これも決まりである。

つまり吉宗は家継の母である月光院の孫ということになる。

孫が祖母に死を命じるなど人倫に悖《もと》る。やったことからすれば、当然のことなのだが、これはばかりはしかたのないことであり、月光院に手出しはできない。

もちろん、無罪放免などはありえず、大奥から放り出され、将軍家由縁《ゆかり》の尼寺へ押しこめられ、さっさと死ねと言わぬがばかりの扱いをされる。同行の女中は認められず、扶持米は生きていけるていど、薪炭など数日でなくなるくらいしか与えられない。

言うまでもなく、面会は禁止、外出などもってのほか、朝から晩まで読経をするだけという生活を強制されるが、殺されることはなかった。

「なるほど」

蓑佐が認めた。

「念を押すまでもないだろうが、水城の傷は火の番の薙刀によらなければならぬ」

「言うに及ばず」

注意した権次郎に蓑佐がうなずいた。

「やることがわかったならば、次は誰を連れていくかだ。おまえの使いやすい者でよいぞ」

権次郎が人選を預けた。

「そうよなあ……まずは甚八《じんぱち》、糖也《とうや》、治蔵《はるぞう》……あと一人は……」

すんなり三人の名前を出した蓑佐が、最後の一人で悩んだ。

「蓑佐、讃一《さんいち》を頼めんか」

権次郎が口を出した。

「いいのか。跡継ぎだろう」

蓑佐がためらった。

「そろそろ見習に出さねばならぬ。いずれ一番組に入るのだ。相応のこともせねばならぬ。その練習にちょうどよいのではないかと思う」

「ふむう。まったく安全なときに、経験させておこうというわけか」

権次郎の言いぶんに蓑佐が嘆息した。

「よろしかろう」

蓑佐が認めた。


町奉行に任じられただけでも、能吏《のうり》だとわかる。

北町奉行中山出雲守時春は、しっかりと江戸城のお城坊主を飼い慣らしていた。

「出雲守さま、少しお耳に入れたきことが」

登城した中山出雲守にお城坊主が囁いた。

「案内をしてくれるか」

中山出雲守が密談できる場所への案内をお城坊主に頼んだ。

「こちらへ」

お城坊主が少し離れた空き座敷へと中山出雲守を誘った。

「話を」

「はい。先日……」

促されたお城坊主が聡四郎が表使を二人、処分したことを語った。

「惣目付が大奥に……」

中山出雲守が戸惑った。

大奥は設立以来、表の不介入を貫いてきている。過去、大奥に表の手が入ったのは、絵島の一件くらいなのだ。

「大奥は騒いでおるのか」

「それが、さほど」

確かめるように訊いた中山出雲守にお城坊主が首を左右に振った。

「ただ……」

「なんじゃ」

ためらうようなお城坊主に中山出雲守が問うた。

「いえ、申しあげるほどのことでもございませぬので」

「…………」

言い渋るお城坊主に、中山出雲守が苦い顔をした。

中山出雲守は目付、大坂東町奉行、勘定奉行を歴任し、町奉行へと昇ってきた遣り手中の遣《や》り手《て》である。

城中でのしきたりはもちろん、お城坊主の使いかたもよく知っている。口ごもっているお城坊主の態度は、もう少し金を寄こせとの意味であるとわかっていた。

「これを」

中山出雲守が腰の白扇をお城坊主に渡した。

「これは、これは、かたじけないことでございまする」

満面に笑みを浮かべて、お城坊主が白扇を懐へと仕舞った。

「これは大奥の女坊主から聞いた話でございまする」

お城坊主が、一度言葉を溜めた。

「どうやら天英院さまが、公方さまへお詫びをなされたとのこと」

「ま、まことかっ」

老練な中山出雲守が予想外の話に驚愕の声を漏らした。

「わたくしめは見ておりませんが、女坊主はしっかりと確認したと申しておりました」

お城坊主が強くうなずいた。

表のことはお城坊主が、奥のことは女坊主が担う。そして表と奥は表裏一体、表の動くは奥をゆらし、奥の波は表を乱す。表のこと、奥のこと、少しでも早く知らなければ、いろいろな不都合が出てくる。そこでお城坊主と女坊主はときどき話を交換していた。こうやって手に入れた情報を使ってお城坊主や女坊主は金を稼いでいた。

「よくぞ報せてくれた」

先ほどまでの不満顔を一掃して中山出雲守がお城坊主を褒めた。

「またなにかあれば、頼むぞ」

中山出雲守が座敷を出た。

興奮したまま中山出雲守は廊下を進み、芙蓉の間の襖を開けた。

「おはようござる」

入る前になかにいる者へと挨拶をした中山出雲守に、それぞれが応じた。

「出雲守どの、おはやいの」

あいさつを返しながら、皆の目は中山出雲守の腰に向かっていた。城中で腰に白扇を差すのは礼儀の一つである。その白扇がない。その意味するところを芙蓉の間にいる役人たちはしっかりと理解していた。

「……お城坊主からなにか聞いたな」

大岡越前守が口のなかで呟いた。

二

いつものように五つ（午前八時ごろ）に登城した聡四郎は、梅の間で太田彦左衛門と打ち合わせをしていた。

すでに奥右筆組頭二戸稲大夫へ金を渡した。それが、奥右筆の余得を認めるとの意味だと、すぐに気付いた二戸稲大夫は、大喜びで受け取っていた。太田彦左衛門の助言に従うことで聡四郎は背後の不安の一つを払拭《ふっしょく》できた。

「黒鍬者を連れて伊賀者番所から入るわけには参らぬ。七つ口からになるが、そのまま一気に月光院の局まで押し通りまする」

「お一人で大事ございませぬか。盾にもなりませぬが、わたくしも」

伏魔殿《ふくまでん》と言われる大奥を太田彦左衛門が気にした。

「問題ないと存ずる」

大丈夫だと聡四郎は胸を張った。

「水城さまならばと信じてはおりまするが……老婆心《ろうばしん》とお笑いくださいませ」

太田彦左衛門がくれぐれも気を付けてほしいと頼んだ。

「かたじけなし」

聡四郎が謝意を見せた。

「…………」

すでに屋敷で念入りに手入れをすませてはいるが、もう一度聡四郎は目釘《めくぎ》の具合を確認した。

「御老中方の動きが見えませぬ」

不意に太田彦左衛門が口にした。

「公方さまのなさることにご興味がないとは思えませぬが……」

「大奥にはかかわりたくないのでは。間部越前守どののこともござる」

太田彦左衛門の懸念に聡四郎が例を出して答えた。

月光院と密通までして老中格側用人へ出世した間部越前守は、絵島の一件をうまくこなしきれず、家継の死とともに免職、要路高崎《たかさき》から越後村上《えちごむらかみ》へ転封《てんぽう》され失脚した。

「まさに」

太田彦左衛門が納得した。

「かと申して油断はできませぬ。気を配ってはおきませぬと」

勘定方として二十年以上勤めた太田彦左衛門は、幅広い付き合いを持っていた。

「お願いいたす」

一礼して、聡四郎は立ちあがった。

「では、臨検いたして参る」

聡四郎が梅の間を出た。

黒鍬者は七つ口でそう珍しい者ではない。

「御春屋水でございまする」

御台所の入浴に使う水を毎朝黒鍬者が運んでくる。

「はっ」

すぐに御広敷番が七つ口を整理、女中や商人の出入りを止め、片膝を突いて通過を見守る。

今、大奥に御台所はいない。本来ならば、御春屋の水は不要なのだが、慣例で御台所であった者にも使用が許されている。

この運ばれてきた御春屋水は、天英院のためのものであった。

「御春屋水でござる。道を開けられよ」

大桶を二人で担ぐ。それが四組と一人の先導役、合わせて九人が七つ口から奥へと進んでいった。

「二組の連中、こっちを見ていたな」

四つに集まれと言われて、刻限ぎりぎりに来るようでは話にならなかった。

「武士ならぬ身で、拙者を待たせるか」

上役を怒らせて無事にすむ下僚《かりよう》はいない。

ましてや中間、小者といった扱いの黒鍬者が惣目付を怒らせて、謹慎ですむはずはなかった。

武士は体面というのを大事にする。軽く扱われてそれを許せば、前例を作ることになる。

「惣目付は、黒鍬者さえ咎められぬ」

そうなれば、聡四郎は誰から軽くあしらわれようとも文句を言えなくなる。

「手討ちにいたす」

さすがに城中で刀を抜くことはないが、まちがいなく放逐処分は喰らう。たいしたことでなくても、予想以上の罰を与えることで、惣目付の権威を保つのだ。そして、これは聡四郎を惣目付に任じた吉宗の権威を守るためでもあった。

「不思議そうな顔をしておったの」

「そりゃあ、そうじゃろ。水運び以外で黒鍬者はここへ来ぬ」

蓑佐から選ばれた治蔵、糖也が小声で話をした。

「手はずは呑みこんでいるな」

緊張していない治蔵、糖也に蓑佐が軽い警告を発した。

「わかっておる」

「我らよりも、そっちを気にするべきではないか」

うなずいた糖也に治蔵が強《こわ》ばった顔の讃一へ目をやった。

「甚八に任せている」

少し嫌そうな雰囲気を含んで蓑佐が応じた。

「実質三人か」

糖也が苦笑した。

「十分だろう。相手は一人、それも鯉口《こいぐち》三寸（約九センチ）切るだけで切腹が決まりの殿中だ。なにもできはすまい」

治蔵も胸を張った。

「油断するな。水城は遣う。その辺の旗本と同じだと思うな」

実際に聡四郎と会っている蓑佐が甘く見るなと釘を刺した。

「来たぞ」

蓑佐が御広敷に姿を見せた聡四郎に気づいた。

「……あれか」

「たしかに。腰が据わっておるの」

「脇差を帯びておるぞ。ばれたのではなかろうな」

糖也と治蔵、甚八の顔付きが引き締まった。

「黒鍬の者ども、揃いおるか」

近づいた聡四郎が声をかけた。

「これに参じております。黒鍬者一番組蓑佐以下五人」

代表して蓑佐が応じた。

「うむ。以降は吾が指示に従うよう。これはご下命である。ためらうことなかれ」

聡四郎が念を押した。

「畏れながら、なにをいたせば」

ここまで来ておきながら、荷物運びというだけでどこのなにをどこへ運び出すのかという指示がなかった。

「月光院の局より薪炭すべてを取りあげる。今現在火がついているものは残すが、納戸、台所、風呂などあますところなく持ち去る」

「……承知いたしましてございまする」

問うた蓑佐が首肯した。

「では、ついて参れ」

聡四郎は背を向けた。

七つ口を入るとしばらく廊下がまっすぐに続く。そこを六人の男が無言で進んだ。

「ひっ」

「またっ」

途中で出会う女中たちが悲鳴をあげた。聡四郎と目が合った女にいたっては腰を抜かしていた。

「お方さまに」

「火の番はなにを」

気丈な女中たちが慌てて走り出す。

「…………」

そんな女たちを聡四郎は無視して、どんどんと奥へ向かった。

「何者か……あっ」

火の番が数人出てきて、聡四郎に誰何《すいか》しようとしたところで口ごもった。

「下がれ」

「……ですが」

手を振った聡四郎に火の番がためらった。

火の番の役目には侵入者への対応が含まれている。それを放棄するのは難しかった。

「ならば、後ろについてくるがよい」

「かたじけのう」

見張りとして同行を許すと言った聡四郎に火の番が礼を述べた。

「ここだな」

竹姫の御広敷用人を務めていたことで、聡四郎は大奥の地図を脳裏に刻んでいた。

「惣目付の臨検である。襖を開けよ」

聡四郎は月光院の局に向かって重々しく告げた。

月光院は聡四郎の声に、ただ手を振った。

「はっ」

局が一礼して、出入り襖のところへ行った。

「何者か。ここは月光院さまのお局である。無礼は許されぬ。そうそうに立ち去れ」

開ける気はないと局が遠回しに返した。

「納戸のなかのものを三人で出せ」

聡四郎が蓑佐に指図した。

局の納戸は、そのほとんどが廊下を挟んだ反対側にある。

「甚八、讃一、治蔵」

「承知」

三人が納戸の引き戸を開けた。

「残りの二人は、なかだ」

「開けてよろしいので」

聡四郎の指示に蓑佐がさすがに驚いた。

「今、開ける」

そう言って、聡四郎は襖を蹴倒した。

「ひえっ」

「きゃっ」

襖近くにいた局と御末が不意のことに悲鳴をあげた。

「惣目付の臨検は何人たりとても拒めぬ。押し通る」

そう宣言して聡四郎は驚きの余り動けなくなっている女中たちをかき分け、上段の間へと入り、床の間を背にした。

「ぶ、無礼者。こちらにおわすのは七代将軍ご生母の月光院さまであるぞ」

中臈が月光院をかばうかのようにして反抗した。

「上意である。公方さまのお下知に刃向かうことは許されず」

聡四郎は中臈ではなく、月光院に目をやった。

「月光院、公方さまのご倹約のお考えに反し、身を慎まず、贅沢を続けておること、お心に適わじ。よって過分を取りあげる。お沙汰あるまで局にて謹慎いたせ。黒鍬者ども、かかれ」

罪状を告げ、聡四郎は黒鍬者に合図した。

「これ、それは」

「妾《わらわ》に触れるな」

「…………」

最初に聡四郎から釘を刺されている。女中たちの抵抗を流して、蓑佐たちが薪炭を運び出した。

「妾は公方さまの祖母ぞ」

月光院が聡四郎を鋭い目で睨んだ。

「ゆえに、このていどですんでおる。公方さまのお気遣いに感謝いたせ」

聡四郎が一蹴《いっしゅう》した。

「火の番どもはなにをしておる。無体を止めさせぬか」

吾に返った局が、大声を出した。

「…………」

だが、火の番たちは動かなかった。

「ええい、ふがいないこと。そなたらがせぬならば、妾が」

局が懐剣に手を伸ばした。

「公方さまの御命に刃を向けるか。それは謀叛《むほん》であるぞ」

「む、謀叛……」

聡四郎に指差された局が崩れ落ちた。

幕府において謀叛がもっとも罪が重い。本人はもとより九族《きゅうぞく》皆殺しになる。それも隠居していようが、幼児であろうがかかわりなく首を切られる。

「天英院にはなにもせぬのか」

月光院が問うた。

「天英院さまは、公方さまになに不足なく過ごさせていただいていると感謝いたしておられる」

「茶会の目的はそれか」

和解だと思いこんでいた月光院が臍《ほぞ》をかんだ。

「天英院さま、竹姫さまが十分だと仰せられておるに、厚かましくも追加をねだるなど論外である」

「たかが薪炭ではないか」

「金の問題ではない。心のありように問題があると公方さまは落胆なされておられる」

「すべての薪炭を取りあげられては、どうやってこれからを過ごせと申すか。煮炊きはもちろん、風呂も手あぶりも使えぬのだぞ」

「買われればよい」

「……買え」

「さよう。公方さまも、自らの金で購ったものまではお気になさるまい」

聡四郎が告げた。

今まで月光院と天英院、竹姫については幕府から一定の薪炭、米、味噌、醬油などが支給されていた。

「年が明ければ、あらたに下しおかれよう」

「金などない」

言った聡四郎に月光院が言い返した。

「御上より下しおかれた合力金《ごうりききん》があるはずである」

御広敷用人であった聡四郎は、内情にも詳しかった。

「そのようなもの、とうにないわ」

「惣目付さま」

そこで蓑佐が取りあげ終えたと声をかけた。

「うむ」

聡四郎がうなずいた。

「くれぐれも局から出られませぬよう。では」

最後に釘を刺し直して、聡四郎は踵《きびす》を返した。

「このままですませはせぬぞ」

聡四郎の背中に月光院が呪詛《じゅそ》を投げた。

「用意はできておるな」

気にせず、聡四郎が蓑佐に確認した。

「薪が二十四束、炭が十四俵。使いかけの薪二束、炭二俵でございまする」

「よろしい。それを御広敷まで運ぶ」

「はっ」

戻ると言った聡四郎に、蓑佐が首を縦に振った。

三

来たときと同様に聡四郎が先頭、蓑佐たち黒鍬者、そして火の番が後尾という列で七つ口を目指す。

すでに月光院断罪の噂が走っているのか、大奥の廊下に人気はない。少し引き戸や襖が開いて隙間から覗く目があるが、それも聡四郎たちが近づくと怖れて閉まった。

「…………」

蓑佐が隣に並んでいる治蔵に目配せをした。

「…………」

無言でうなずいた治蔵がすっと後ろへと下がり、代わって糖也が後を埋めるようにあがった。

「どういたした」

最後尾にいた火の番が、下がってきた治蔵に懸念の声をかけた。

「少し縄のくくりが……」

言いわけをした治蔵が、いきなり抱えていた薪を火の番の一人にぶつけた。

「きゃっ」

火の番がまともに喰らった。

「な、なにを」

「遅いわ」

驚くもう一人の火の番をそのまま治蔵が蹴倒した。

「ほれ」

「おう」

「もう一つ」

「よし」

火の番の手から奪った薙刀を治蔵が蓑佐と糖也へ投げ、二人が受け取った。

「死ねえ」

蓑佐と糖也が薙刀を構えて聡四郎に襲いかかってきた。

「…………」

無言で聡四郎は迎え撃った。

「ぬん、えい」

聡四郎の脇差は吉宗から下賜《かし》された戦場刀で、無銘ながら肉厚であった。

「ちっ」

「なんだ」

蓑佐と糖也の一撃は、聡四郎の二振りで弾かれた。

「やはり強い。治蔵」

「おう」

火の番二人に止めを刺した血塗られた短刀を手に治蔵が、援護に出てきた。

「合わせろ」

「おう」

再度蓑佐の合図で糖也が薙刀を振りあげて撃ってきた。

「…………」

聡四郎は見事なすり足で後ろへ引いて、空《くう》を切らせた。

「ちっ」

蓑佐が舌打ちをした。

「慣れない武器を使うからだ。黒鍬者は木刀しか身につけられぬ。それ以上に柄の長いものなど使ったこともあるまい」

聡四郎が揶揄《やゆ》した。

「黙れ」

糖也が反発した。

「いいのか、ときをかけるほど人が来るぞ」

「女中など何人来ようとも敵ではないわ」

焦らせようとした聡四郎の言葉に、蓑佐が言い返した。

「あほうめ。見られてしまえば、誰が惣目付を襲ったかなど丸わかりだぞ。かといって、大奥の女中すべてを殺すことなどできまい」

聡四郎があきれた。

「黒鍬者すべてが咎めを受けるぞ」

「うるさいっ」

煽《あお》られた糖也が薙刀を振りあげた。

大奥の天井は高い。薙刀を振りあげても引っかかることはないが、それでも胴ががら空きになる。

「不慣れを知れ」

ぐっと踏みこんだ聡四郎が無防備な糖也の腹を水平に薙《な》いだ。

「……なんだ」

腹には骨がない。あまりに鋭い刃で裂かれると痛みを感じないことがあった。

「うわっ」

切り口からぬるりと青白い臓腑《ぞうふ》がこぼれた。

「………」

気死した糖也の上を跳びこえて治蔵が突っこんできた。

「ふん」

膝を前に踏み出し、身体を低くした聡四郎は、これに十分対応できない。聡四郎は牽制《けんせい》として脇差を振り、治蔵の勢いを止め、その隙に体勢を整えた。

「できるぞ」

治蔵が蓑佐に話しかけた。

「肚が据わりすぎている」

蓑佐も不意討ちが効かなかったことに驚いていた。

「吾が背中を預けられるのは、大宮玄馬ただ一人。すなわち玄馬おらずば背後は敵よ」

「くそっ」

治蔵が吐き捨てるようにして短刀を片手遣いで突き出した。

「しゃあ」

合わせるように蓑佐が薙刀を袈裟に振ってきた。

いくら息を合わせたところで、長物と短い得物では速度に差が出る。なにより長物の間合いには味方も入りこめないのだ。

「……ふっ」

小さく笑った聡四郎が薙刀の刃を外へ流すようにしてかわし、蓑佐の右側へと踏み出した。

「くそっ」

蓑佐の判断も速かった。

空を切った薙刀を捨てて、懐に隠していた小刀に切り替えた。

「縦」

「承知」

蓑佐の声に治蔵が応じ、前に出た形になった。

「黒鍬は、敵地において先乗りし……」

「道なき道を平らげて……」

「本軍の進みを阻する輩《やから》どもを……」

「討ち果たす者なり」

二人が調子を合わせて祝詞《のりと》のようなものを唱えた。

「まずいな」

聡四郎が口のなかで呟いた。

個々の打ち出し、退却を号令でまとめるのは困難であった。よほど鍛錬を積んだ軍勢でも、敵の勢いに引きずられて遅速《ちそく》が生まれる。

それをなくすのが唄のような調子であった。互いに調子を意識して、いつ動くかをあらかじめ決めておけば、相手に気取《けど》られることなく攻撃ができる。

「…………」

聡四郎は一放《いっぽう》流の極意の一つ、雷閃《らいせん》の太刀の構えを取った。

右肩に脇差の峰を置くようにし、右足を半歩前に踏み出すようにして曲げ、腹を突き出すようにして身体を反《そ》らせる。

一見不恰好にも見えるが、こうすることで足の指先、かかと、膝、太もも、腰、腹筋、腕の力、肩の回し、すべてが切っ先にこめられる。

戦場で鎧《よろい》武者を一刀両断するために編み出された、まさに必殺の一撃であった。

「敵の伏せ勢あらば……」

「まっすぐに潰し……」

そこまで唱えた二人が、一気に突っこんできた。

「一放流、参る」

六歳からずっと剣一筋に生きてきた。兄が病死しなければ、剣で身を立てるつもりでいた聡四郎渾身《こんしん》の一撃が、二つ揃った小刀の間を裂くように落ちた。

「ぐっ」

「つうっ」

その衝撃だけで、当たってもいないのに小刀の切っ先がぶれた。

「あ、ありえん」

「もう一度、もう一度だ」

息を呑んだ治蔵に蓑佐が再挑戦だと言った。

「ああ」

「黒鍬……」

ふたたび祝詞のような言葉を二人が紡《つむ》いだ。

「何度でも来い」

聡四郎は、今度は真っ向から断ち割る雷尖《らいせん》という構えに変えた。これも雷閃と同じような技だが、最初に大上段の形を取るところが違っていた。

雷閃ほどの破壊力はないが、疾《はや》さでは雷尖が勝る。一放流において一対一の最強技であった。

「道なき道を……」

そこで二人が小刀を投げてきた。

「むっ」

一つは雷尖で余裕ではたき落としたが、予想していなかった投擲《とうてき》に聡四郎は残り一つをかわしはしたが、体勢を崩した。

「今ぞ」

「好機なり」

蓑佐と治蔵が予備の小刀を出した。

「何本隠しているのだ」

聡四郎が嘆息した。

「黒鍬……」

「馬鹿の一つ覚えか」

唱えだした二人に聡四郎があきれた。

「同じ技が何度も通じるか」

聡四郎は構えを脇に変えた。左下に切っ先を隠すように後ろへ流し、近づいて斬りあげる逆袈裟を見舞うためであった。

「……ぎゃっ」

不意に蓑佐の後ろで声がした。

荷を捨てて小刀を手に必死に前ばかり見ていた讃一がのけぞった。

「なんだと……ぐうっ」

驚愕した甚八が遅れた。脇腹を突き刺されて甚八が絶息《ぜっそく》した。

「御広敷伊賀者、佐久間十《さくまつなし》でござる」

「助かった」

「なぜ伊賀者が……」

忍装束の名乗りに、聡四郎が喜び、蓑佐が啞然とした。

「大奥は敵地ぞ。なんの手配もせぬはずなかろう」

聡四郎が口の端を吊りあげた。

佐久間十は聡四郎が遠藤湖夕に命じていた月光院と天英院の見張り、そのうちの一人であった。

「……このたびのことは吾が私怨なり」

そう叫んで蓑佐が小刀で喉を突いて自害した。

「無念、仇《かたき》を討てなんだわ」

続いて治蔵も吾が身に小刀を突き刺した。

「……惣目付さま」

忍覆面の上からでもわかるほど佐久間十が啞然とした。

「今さら遅いわ」

聡四郎も大きなため息を吐いた。

四

薪炭と黒鍬者の死体を片付けるため、聡四郎は佐久間十に人を呼んでくるように
と頼んだ。
「騒がしかったの」
そこへ月光院が中臈たちを連れて姿を見せた。

「なんじゃ、この有様は」

月光院がわざとらしく驚いた。

「大奥へ忍びこんだ不埒者《ふらちもの》を成敗《せいばい》いたしただけでござる」

聡四郎が答えた。

「不埒……そんなわけはあるまい。こやつらは先ほどそなたが連れてきた小者であろう」

「小者が不埒者であったということでござる」

月光院の追及を聡四郎は相手にしなかった。

「そのような言いわけが通ると思うてか。大奥へ不埒者を連れて入った罪、神聖なる大奥を血で汚した罪、何方《いずかた》へも逃れられぬぞ。ここで潔く切腹いたせ。でなくば、そなたの妻にも累が及ぶぞ」

勝ち誇った顔で月光院が聡四郎を糾弾した。

「惣目付さま」

佐久間十が同僚を四人連れてきた。

「死体を頼む」

「承知」

一人ずつ死体を抱えて伊賀者が七つ口を目指した。

「…………」

無言で聡四郎が背を向けて歩き出した。

「待ちやれ。逃げるつもりか」

「公方さまへ報告申しあげに参る。貴方が慎みを命じられておきながら、堂々と局を出て、惣目付の任を非難したと」

「なっ、なにをっ」

少しも脅しに屈しない聡四郎に月光院が息を呑んだ。

「惣目付の臨検は、何人であろうとも邪魔はさせぬ」

次はないと聡四郎は月光院に宣した。

「で、殿中で刀を抜けば、切腹ぞ」

「ならば火の番すべてを死なせることだ」

薙刀を持って巡回している火の番も殿中で白刃を出している。

「それは役目……」

「拙者もお役目でござる」

最後の抵抗をした月光院へ聡四郎が痛烈な一言を返した。

すでに七つ口は大騒ぎであった。

「なにがどうなっている」

「女どもが悲鳴をあげて……七つ口に向かっておりまする。どのようにいたしましようや」

まったくなにもわかっていない御広敷番頭が戸惑い、配下は指示がなければ動けない。

「女どもを外へ出すな」

七つ口は厳重でなければならない。とりあえず、御広敷番頭が配下に命じた。

「棒を使っても」

「ならぬ、女に怪我をさせてはならぬ」

配下の確認に御広敷番頭が首を横に振った。

「では、素手で制圧いたしますが……女に触れることになりまする」

「それもならぬ。不義密通《ふぎみっつう》になる」

かまわないなと念を押した配下に、御広敷番頭が慌てた。

御広敷番は、出入りする女の手形検《あらた》め、出入り商人と大奥女中との遣り取りの監視、持ちこまれる荷物の検査、面会人の取次ぎなど、表役人のなかでもっとも大奥女中たちとのかかわりが深い。

それだけに厳格な内規が決められており、女中との世間話、触れあいなどは厳禁とされ、一度見つかれば叱責、二度目で罷免された。

そして配下の失態は上司の失点になる。よほどの場合でないと、御広敷番頭が巻きこまれて、辞職あるいは解任されることはなかったが、人事考課に黒点は付く。

ようは、出世がなくなるのだ。

「では、どのようにして」

「考えよ、そなたらの判断でいたせ。吾はこのことを報せてくる」

困惑した配下に、御広敷番頭が丸投げした。

「……おい」

「しかたない。声で制止しよう」

残された御広敷番たちが大きく嘆息した。

「人殺し……」

「ひゃあああ」

奥からもっと大きな悲鳴が聞こえてきた。

「馬鹿なっ。大奥だぞ。自害ならまだしも」

七つ口から出ようとしている女中たちをなんとか宥《なだ》めていた御広敷番二人が、顔を見合わせた。

「そこの女中どの」

一人が蒼白な顔色の奥女中に声をかけた。

「人殺しとは穏やかではござらぬ。まちがいないか」

「は、はい。先ほど入られたお旗本さまと黒鍬者が……」

訊かれた奥女中が答えた。

「先ほど入った旗本……惣目付さまか」

「なぜ、惣目付さまと黒鍬者が」

二人が混乱した。

「頭……は逃げたか」

詰め所に御広敷番頭の姿はなかった。

「だが、人殺しとなれば見過ごせぬぞ」

「うむ」

二人が肚をくくった。

「道を開けよ、御広敷番が出る」

制していた女中たちを放置して、御広敷番二人が男子禁制の大奥へ足を踏み入れた。

「…………」

執務をしていた吉宗の前に、ひらと一分《ぶ》（約三ミリ）四方の小さな紙が舞った。

「遠江」

「はっ」

書付から目を離さず、吉宗が加納遠江守へ手を振った。

「一同、遠慮いたせ」

加納遠江守が御休息の間からの他人払いをおこなった。

「どうした」

吉宗が天井へと声をかけた。

「御免くださいませ」

天井板が一枚ずれ、庭之者の一人藪田《やぶた》定八《じようはち》が下りてきた。

「緊急の報せでございまする。御広敷伊賀者頭遠藤湖夕より、大奥にて惣目付さま、黒鍬者に襲われ、撃退なされたとの由《よし》」

「待て。なぜ黒鍬が、聡四郎を襲う」

予想していなかった事態に吉宗が当惑した。

「理由は聞かされておりませぬ」

「聡四郎は無事なのだな。ならばすぐに報告へ参るだろう。ご苦労であった」

吉宗が藪田定八をねぎらった。

「公方さま、なにが起こったのでございましょう。黒鍬者といえば、荷運びと辻整理の役目のはず。どう考えても水城とのかかわりが見えませぬ」

加納遠江守が吉宗に尋ねた。

「黒鍬者はもと戦場で城崩しや砦作りなどをおこなった者だ。戦場を行き来するため、多少の武は遣えたはずだが……」

いかに吉宗が幕府のことを考え、改革をするために学んできたとはいえ、黒鍬者のことまで把握はできていなかった。

「公方さま」

まだ控えていた藪田定八が発言の許しを求めた。

「おう、まだいたのか。申せ」

意識から藪田定八を外していた吉宗が驚きながら、認めた。

「黒鍬者は……」

江戸地回り御用という役目も持つ。城下で出会うことの多い黒鍬者のことを庭之者はよく知っていた。

「大名行列の差配か、おもしろい役目だの」

吉宗が興味を抱いた。

「しかし、その黒鍬者に聡四郎は襲われるほど恨まれていたか」

「水城のことでございまする。お役目のことで恨みを買っていても不思議ではございませぬ」

加納遠江守もうなずいた。

「月光院、尾張付け家老成瀬、伊賀の郷、もと御広敷伊賀者組頭の藤川なんとやら、金座の後藤、紀伊国屋、荻原近江守、間部越前守……指を折るのも嫌になるほどおるの」

数えだした吉宗が苦笑した。

「まあよいわ」

吉宗が表情を変えた。

「大番組を出せ。黒鍬屋敷を押さえろ。一人も逃すな」

「はっ」

下知を伝えるために、加納遠江守が御休息の間を出ていった。

「町奉行を呼べ」

他人払いを解いた吉宗が戻ってきた小姓に命じた。

「お召しに応じましてございまする」

「御用を仰せつけられませ」

御休息の間と芙蓉の間は近い。

待つほどもなく中山出雲守と大岡越前守が現れた。

「そなたたちに新たな役目を任じる」

「それは町奉行を解いてでございましょうか」

吉宗の一言に、中山出雲守が顔色を変えた。

「いや、安心いたせ。町奉行はそのままじゃ」

「加役でございまするか」

「うむ」

中山出雲守の質問に吉宗がうなずいた。

「何をいたせば……」

「城下の辻、路《みち》を管轄し、穴や石などを処理せよ」

「畏れながら、それは黒鍬者の役目かと」

中山出雲守が重なることになると吉宗に再考を求めた。

「黒鍬者はしばらく動かさぬ」

「動かさないとの仰せでございまするが、なにかしましたでしょうか」

冷たい吉宗の言葉に中山出雲守が事情を教えて欲しいと願った。

「惣目付を襲いおった。しかも大奥でな」

「なっ」

「まことに」

聞いた中山出雲守と大岡越前守が絶句した。

「水城どのは」

大岡越前守が気を切り替えた。

「あやつがどうにかなるとでも」

にやりと吉宗が笑った。

「無事で何よりでございまする」

「残念か、越前」

安堵の表情を浮かべた大岡越前守に吉宗が鋭い目を向けた。

「なにを仰せられまするか」

濡れ衣だと大岡越前守が抗議した。

「なればよい。そなたらは町奉行としてなすべきをなせ。それ以外のことはするな。ここから先があると思うな」

吉宗が中山出雲守と大岡越前守に釘を刺した。

「黒鍬者の調べが終わり、かかわりのないとわかった者がおれば、復帰させる。でなければ、黒鍬は潰す」

「では、わたくしどもの加役も」

「うむ。とりあえず、そう長くはない。わかったならば、本日はもう下城せよ。町方の者とよく話をしろ」

用件は終わったと吉宗は二人の町奉行を帰した。

「公方さま、惣目付水城右衛門大尉がお目通りをと」

「通せ」

「ですが……」

取次ぎの小姓が口ごもった。

「どういたした」

「血をかぶっておりまして……そのような不浄な姿で公方さまの御前に」

「ここが戦場の本陣だったらどうする。敵の首を獲《と》ってきた者を汚いと追い返すのか、そなたは。それでよく武士と言えるの。まさか、そなた今、ここに狼藉者《ろうぜきもの》が撃ちこみ、躬に刃を向けたときも、血で汚れるのは嫌じゃと戦わぬつもりか」

「…………」

小姓が沈黙した。

「血なぞ汚れでもなんでもないわ。己が身体にも流れているものが気に入らぬと言うなら……」

「公方さま」

まだ罵《ののし》ろうとする吉宗を戻ってきていた加納遠江守が制した。

「もう気を失っておりまする」

吉宗の苛烈《かれつ》さは身近で仕える小姓や小納戸ほどよく知っている。吉宗の意に染まぬことを口にしたり、おこなったりして更迭《こうてつ》された小姓組頭もいる。

「このていどで気を失うようでは、小姓は務まらぬ。どこぞ、穏やかな役目へ移してやれ」

「承知いたしました」

吉宗の指図に、加納遠江守が首肯した。

「では、水城をこれへ連れて参りまする」

加納遠江守が役に立たなかった小姓の代わりに腰をあげた。

「公方さま」

「ご苦労であった。近う寄れ」

御休息の間下段襖外で手を突いた聡四郎を吉宗が手招きした。

「はっ」

遅滞は吉宗の嫌うところ、聡四郎は上段の間襖際まで膝行《しっこう》した。

「黒鍬に襲われたと聞いたが、どういうことか」

「申しわけございませせぬ。すべて討ち果たしてしまいましたので、事情はわかりませぬ」

生かして捕らえることはできなかった。聡四郎は解明に手がかかることになったと詫びた。

「かまわぬ。そなたのせいではないわ。経緯《いきさつ》を話せ」

「はっ……」

聡四郎が七つ口に入ったところから報告した。

「……そうか」

聞き終えた吉宗が不機嫌そうな表情でうなずいた。

「月光院の策ではなさそうだな」

「おそらく。月光院さまのお考えならば、最後に顔を出される意味はございませぬ。公方さまの御命に従って、じっと局で謹慎していたほうがましでございましょう」

吉宗の考えに加納遠江守が同意した。

「黒鍬者は押さえさせた。従わぬ者は死罪、譜代であろうとも絶家に処す」

「はっ」

将軍が裁断を下した。これは誰にも覆せなかった。

「まさかと思うが、聡四郎、黒鍬となにかあったということはないな」

「ございませぬ」

確かめる吉宗にはっきりと聡四郎が否定した。

「黒鍬者は目付の支配でございまする」

聡四郎が吉宗に告げた。

「……なるほどの。頭がいいと思いこんでいる馬鹿の考えそうなことじゃ」

吉宗が口の端を吊りあげた。

「襲撃が成功すれば、黒鍬を始末して隠避。失敗して返り討ちに遭っても、城中で白刃を振るったとして咎める」

「…………」

推測する吉宗に聡四郎は沈黙した。

「目付を捕らえまするか」

「無駄だ。知らぬ存ぜぬに終始するだけじゃ。まさか、旗本を拷問にかけるわけにもいくまい」

「……はい」

聡四郎は諭されて頭を垂れた。

「そういえば、そなたが黒鍬者の手助けを命じた頭はどうなっておる」

「見ておりませぬ」

「捜せ、そして捕まえよ」

加納遠江守への指示は黒鍬者組屋敷への大番組出動であって、城中のことには言及していなかった。

「ただちに」

聡四郎が立ちあがった。

台所前廊下は御広敷に近い。早くに黒鍬者頭の権次郎は策が失敗したと理解した。

「大奥で騒動だ」

「人死にが出たらしい」

「惣目付さまを襲った黒鍬は皆殺しだそうだ」

「恐ろしい」

興奮した台所役人の声は権次郎の耳にも届いた。

「……讃一」

一瞬、権次郎が涙を落とした。

「手柄など立てさせようと思わなければよかった」

父親として息子は可愛い。

食べてさえいけないていどの薄禄だが、頭になれば百俵の役料がもらえる。贅沢はできないが、寒中凍えずともすむし、飢えることはない。他の黒鍬者と比べれば、極楽の生活が送れる。

己が引退するとき、いずれ息子が頭になれる道を作っておきたい。それには目付の覚えをよくしておかなければならないと、無理に蓑佐に押しつけた。

「逃げる」

もう後は捕まって一切を白状させるための厳しい責めを受ける。そして、その責めをするのは目付なのだ。

「まちがいなく口封じされるわ」

目付は己のためならなんでもする。長年、黒鍬者頭として仕えてきた権次郎は、己の末期が見えた。

「殺されてたまるか」

権次郎は台所前廊下から姿を消した。

「黒鍬者頭はおるか」

その直後に聡四郎が台所前廊下へ着いた。

「……おや。おりませぬ」

中間頭、小者頭が権次郎の姿を捜したがなかった。

「先ほどまで、その隅におりましたが」

「逃げたな」

聡四郎は黒鍬者頭のことに気づかなかったことを悔やんだ。

「助かった。もし、見かけたならば梅の間まで報せてくれるよう」

そう言って聡四郎は台所前廊下を後にした。

「一手遅れましてございまする」

台所前廊下に黒鍬者頭がいなかったことを聡四郎は謝罪した。

「御広敷に近いゆえ、騒ぎに気づいたな」

吉宗も仕方ないと応じた。

「それより聡四郎、着替えよ」

「着替えでございまするか」

言われて聡四郎があわてて己の恰好を確認した。

「こんなところに」

裃《かみしも》にいくつかの斬られた跡と返り血が付いていた。

「一度、下城いたしまして」

「それでは二度手間であろうが。遠江」

屋敷に帰って着替えて出直すと言った聡四郎を制した吉宗が、加納遠江守に合図した。

「これを取らす」

吉宗の言葉に合わせて、加納遠江守が脇に置いていた乱れ箱を差し出した。

「公方さま……」

聡四郎が目を大きくした。

「ご紋付きなぞ、吾が身に誉れ過ぎまする」

裃には葵《あおい》のご紋が入っている。かつて将軍が身につけていた衣装を拝領することは、御垢付きを賜ったとして旗本一代の栄誉であった。

「文句を言うな。今から目付を呼び出す。そのときに目付に付けこまれる隙があってはならぬ」

「……まさに」

聡四郎も思い至った。

目付は他人の粗《あら》を探すのが役目である。このままで会えば、まちがいなく目付たちの指弾を受ける。

「過分ながら、頂戴いたしまする」

「そなたならば、躬の衣服でも寸法合わせせずともよかろう」

吉宗は身の丈六尺（約一八〇センチ）近くある。まずその辺の大名旗本では、袖から手は出ないし、裾は足に余る。聡四郎も大きいとはいえ六尺はないが、それでもそれほどみっともない状況にはならない。

「着替えて……」

「ここで着替えよ。戦場ぞ、今は」

梅の間へ一度戻ろうとした聡四郎を吉宗が止めた。

「遠江、目付どもを連れてこい」

「ただちに」

加納遠江守が出ていった。

目付部屋には城中すべてのことが集まる。とはいえ、大奥のことはなかなか耳に入らないが、今回は少し遅れたていどで知れた。

「惣目付が大奥で黒鍬者を斬ったというが……」

当番目付が目付部屋にいる同僚を見回した。

「黒鍬者になにか役目を任せた者はおるか」

「…………」

誰も名乗りをあげなかった。

「よろしい。それでは目付部屋は動く」

当番目付が告げた。

「惣目付が黒鍬者風情とはいえ、城中で斬ったのだ。これを咎めずして目付の価値はない。一同、公方さまに願い出て、惣目付を捕縛、取り調べるぞ」

「当然じゃ」

「うむ」

目付たちが気炎をあげた。

「阪崎……」

「……なんだ」

もの言いたげな当番目付に阪崎左兵衛尉が声を低くした。

「いや。折れるなよ」

短く言って当番目付が首を左右に振った。

「目付ども。公方さまがお召しである。ただちに御前へ」

そこへ襖の外から加納遠江守の声がした。

「決戦じゃ」

「おう」

目付たちの気迫が目付部屋を揺らした。

光文社文庫

文庫書下ろし／長編時代小説

開《かい》　戦《せん》　惣《そう》目《め》付《つけ》臨《りん》検《けん》仕《つかまつ》る㈢

著　者　上《うえ》　田《だ》　秀《ひで》　人《と》

2022年1月20日　初版1刷発行

発行者　鈴　木　広　和
印　刷　萩　原　印　刷
製　本　ナショナル製本

発行所　株式会社　光　文　社
〒112-8011　東京都文京区音羽1-16-6
電話　(03)5395-8149　編　集　部
8116　書籍販売部
8125　業　務　部

落丁本·乱丁本は業務部にご連絡くだされば、お取替えいたします。
ISBN978-4-334-79291-6　Printed in Japan

組版　萩原印刷